복수의 길

강준현 장편 소설

FUSION FANTASTIC STORY

도서출판 청어람

복수의 길 1

강준현 장편 소설

초판 1쇄 찍은 날 § 2014년 1월 7일
초판 1쇄 펴낸 날 § 2014년 1월 14일

지은이 § 강준현
펴낸이 § 서경석

편집부장 § 권태완
편집책임 § 이효남

펴낸곳 § 도서출판 청어람
등록번호 § 제1081-1-89호
등록일자 § 1999. 5. 31
어람번호 § 제1-1750호

주소 § 경기도 부천시 원미구 심곡2동 163-2 서경B/D 3F (우) 420-822
전화 § 032-656-4452 팩스 § 032-656-4453
http://www.chungeoram.com
E-mail § chungeorambook@daum.net

ISBN 978-89-251-3659-2 04810
ISBN 978-89-251-3658-5 (세트)

강준현 장편 소설

FUSION FANTASTIC STORY

복수의 길

1

도서출판 청어람

CONTENTS

프롤로그

"흐읍, 흐읍, 흐으읍!"

잠들어 있는 편이 나았다.

잠에서 깨자마자 부족한 산소를 조금이라도 더 마시고자 코를 벌렁거렸고, 갑갑함을 벗어나고자 몸을 거칠게 움직인다.

"흡! 흡! 흡!"

하지만 무엇엔가 완벽하게 결박된 몸은 작은 꿈틀거림조차 용납되지 않는다.

숨이라도 편하게 쉴 수 있다면 좋으련만, 막힌 입 때문에 코로만 숨을 쉬려니 죽을 맛이었다.

'침착해, 찬아! 침착해…….'

이미 몇 번이고 이와 같은 일을 겪었기에 지금이 얼마나 위험한 상황인지를 잘 알고 있었다.

"크흐흐~ 읍! 크읍! 흐읍, 흐으읍~!"

긴 호흡으로 몸의 긴장을 풀며 날뛰려는 몸과 마음을 가라앉히자 조금씩 정상적인 호흡으로 돌아온다.

맨 처음 관속처럼 느껴지는 이곳에서 깨어났을 때 처한 상황을 인지 못하고 날뛰다 산소 부족으로 정신을 잃었었다.

불행인지 다행인지 죽지 않고 다시 깨어났지만 이후에도 잠들었다 깰 때마다 이 모양이다.

'이번엔 배인가? 도대체 어디로 가는 거지? 무슨 목적으로……? 과연 내가 살 수 있을까?'

호흡이 정상적으로 돌아오자 언제나처럼 갖가지 잡념들이 떠오른다.

처음엔 단순한 납치라 생각했었다.

납치범에 의해 죽임을 당할지도 모른다고 생각에 울기도 했지만 자산가인 아버지가 분명 구해주리라 생각했었다.

하지만 비행기가 이륙하는 느낌을 받는 순간, 단순한 납치가 아니라는 걸 알 수 있었다.

장기 밀매 조직?

허점이 많다.

그냥 필요한 장기를 떼서 냉동을 해 실어 나르는 게 훨씬 위험이 없다.

청부 살인?

날 눈엣가시처럼 생각하는 누나들과 매형들이라면 충분히 사주했을 가능성이 높지만 우리나라의 인적 드문 산에 묻으면 될 것을 굳이 비행기까지 태우며 이렇게 오랜 시간 이동할 이유는 없었다.

'그나저나 너무 덥군. 죽을 때 죽더라도 시원한 얼음물 한 잔만 마셨으면 좋겠다.'

잡생각은 시원한 얼음물에 사라져 버렸고, 곧 먹고 싶은 것들이 그 자리를 채운다.

—덜컹!

더위와 배고픔에 지쳐 잠들어 있던 난 관 뚜껑이 뜯겨져 나가는 소리에 눈을 떴다.

하지만 후레쉬 불빛에 뜨는 속도보다 빠르게 눈을 감아야 했다.

"#%·&&%$#!"

"%$#%%$#%."

알아들을 수 없는 말들이 오고 간다.

잠시 후, 빛에 익숙해져 살며시 실눈을 떴다.

'흑인?'

별로 가득 찬 밤하늘을 배경으로 두 명의 흑인의 얼굴이 보였고, 그중 한 명은 알 수 없는 미소를 짓고 있었다.

그리고 그 미소 짓던 흑인은 손을 뻗어 지저분해 보이는 천
으로 내 코를 막았다.

　　"우욱! 욱! 우욱!"

　　시큼한 약품 냄새.

　　피하고자 몸을 움직여 보지만 소용이 없었다.

　　온몸에 힘이 빠지며 눈앞이 흐려진다.

　　'이제 끝인가?'

　　눈이 감긴다.

　　'살고 싶다!'

　　살 수 없을 것이라 생각하고 있었지만 살고… 싶다…….

1장

귀향

4년 뒤.

"휘휘~!"

서울 강남경찰서 강력 3반 양동휘 형사는 기분 좋은 일이 있는지 휘파람을 불며 출근을 하고 있다.

"어? 김 형사님! 좋은 아침입니다."

경찰서 입구로 들어가던 그는 자신의 선임이자 파트너인 김철수 형사가 급하게 나오는 모습을 보더니 반갑게 손 인사를 한다.

"따라와."

"사건이에요? 아침부터 무슨 일이래요?"

하지만 김 형사는 그의 말에 아랑곳하지 않고 따라오라는 한마디를 던지고선 차가 있는 곳으로 향한다.

　"하여간 성격하곤……. 같이 가요!"

　김 형사와 파트너가 된지 2년, 양 형사도 이제 어느 정도 그의 성격을 알고 있기에 더 이상 묻지 않고 뒤따른다.

　"서두르는 거 보니까 살인 사건이라도 벌어졌나요?"

　"……."

　운전을 하던 김 형사는 말없이 무릎에 있던 서류철을 그에게 넘긴다.

　"어? 실종 사건이네요? 그것도 4년 전의……."

　양 형사는 서류를 보다 인상을 쓰며 말을 잇는다.

　"실종자 박무찬, 당시 나이 17세, 아버지와 두 명의 배다른 누나가 있고… 으와! 재산이 어마어마하네. 이거 단순 가출이나 실종 사건이 아니라 재산 싸움과 관련된 것 같은데요? 증인도 없고, 증거도 없고……. 음~ 한동안 꽤 고생하셨겠네요. 근데 시체라도 발견된 거예요?"

　"아니."

　"그럼요?"

　"박무찬이 며칠 전 호주 한국 대사관에 나타났어."

　"에에~?"

　"그제 입국해 인천 공항 출입국 관리사무소에서 검사를 받고 있는 중이란다."

"그럼, 외국으로 혼자 떠난 건가? 아니지, 그럼 기록이 남았을 테고……. 장기 밀매 조직에 끌려갔다가 탈출한 건가? 그것도 아니면……."

이런저런 가능성을 말하던 양 형사의 말은 더 이상 김 형사에게 들리지 않았다.

'분명 죽었으리라 생각했는데…….'

4년 전, 박무찬 실종 사건을 맡았던 그는 6개월 동안 수사를 진행했지만 어떤 증거도 찾지 못했다.

결국 수사 중지 명령이 떨어지면서 종결된 사건이었지만 김 형사에겐 수치를 남겨준 사건이기도 했다.

자신이 맡은 사건을 미해결로 둘 수 없다는 오기였는지 틈틈이 계속 수사를 진행하던 김 형사는 우연한 기회에 납치범의 꼬리를 잡게 되었다.

그리고 납치범을 잡으려는 순간 나타난 의문의 사내.

김철수는 특수부대 출신으로 오른쪽 다리 부상을 당해 제대를 한 후 형사가 되었지만 무기를 든 조폭 열 명쯤은 맨손으로도 처리가 가능했다.

하지만 그런 김 형사도 갑자기 나타난 사내의 일격을 피할 순 없었고, 자신의 눈앞에서 납치범을 죽인 채 사라지는 놈을 바라만 봐야 했다.

'다친 다리를 다시 다치게 하다니……!'

아직도 그때 당한 상처가 욱신거리는 것 같아 자신도 모르게 액셀러레이터를 밟은 다리에 힘이 들어간다.

"어, 어어어~ 기, 김 형사님!"

놀란 양 형사가 외치는 소리를 못 들었는지 차는 빠르게 인천공항으로 향한다.

출입국 사무소에 들른 김 형사와 양 형사는 박무찬이 인천국제공항 경찰대 정보 보안과에 인계되었다는 것을 듣고 그곳으로 갔다.

"어디서 오셨죠?"

안으로 들어가자 보안과 직원답게 날카로운 눈매의 사내가 그들을 맞이한다.

"강남서의 김철수라고 합니다."

"아! 박무찬 실종 사건 담당 형사 분이시군요. 전 배영택이라고 합니다."

"헤헤! 전 파트너인 양동휘입니다."

"이쪽으로 앉으시죠. 박무찬은 저희 쪽에서 몇 가지 물어볼 것이 있어 조사 중입니다."

"그러시군요."

실종되었던 인물이 갑자기, 그것도 호주 공관에 나타나 입국했으니 각 조직마다 조사할 것이 많을 터.

김 형사와 양 형사는 배영택이 권하는 소파에 앉았다.

"언제쯤 끝날까요?"

"들어간 지 20분 정도 됐으니 특별한 일없으면 10분 정도만 기다리시면 될 겁니다. 참, 커피 한 잔씩 드릴까요?"

"아, 네."

범인을 잡기 위해 며칠씩 잠복근무를 하던 김 형사였지만 오늘은 좀처럼 기다리기가 힘든 모양이다.

"이 서류는 출입국 사무소에서 보내 준건데 참고하시면 될 겁니다."

그런 김 형사의 마음을 알았는지 배영택은 커피와 함께 출입국 사무소에서 작성한 서류를 건네준다.

"고맙습니다."

살짝 고개를 숙이며 감사를 표한 김 형사는 서류를 훑어보기 시작했다.

'신체검사, 혈액검사, 전염병검사……. 별다른 게 없……!'

빠르게 서류를 넘기던 김 형사의 손이 박무찬이 팬티만 입은 채 찍은 사진이 붙은 서류를 본 순간 멈춘다.

"헐~ 고문이라도 받은 건가? 몸의 상처가 장난이 아니네요. 쩝!"

"저도 처음에 그 사진을 보고 꽤 놀랐습니다. 근데 뒤에 서류를 보니 불쌍하다는 생각이 들더군요."

옆에서 같이 보던 양형사가 못 볼 걸 봤다는 듯 안쓰럽게 말하자, 배영택이 한마디 거든다.

'악필이군.'

몇 장 더 넘기니 박무찬이 직접 적은 것으로 보이는 체험담(?)이 있었다.

그리고 괴발개발 적힌 글에서 유독 눈에 띄는 단어가 있었다.

"강제 노동?"

"글씨가 엉망이라 읽기 어렵겠지만 읽어보세요. 어린 나이에 엄청 고생을 많이 했더라고요. 얼마나 심한 학대를 받았는지 글만 읽어도 절절하더라고요. 천벌을 받을 새끼들!"

김 형사는 자기 일처럼 분노하는 배영택을 무시하고 글을 읽었다.

강제 노동 현장에서 겪은 참담함을 잘 표현한 글이었지만 김 형사가 느끼기엔 괴리감이 있는 글이었다.

다시 사진들을 찬찬히 살펴본다.

'이건 칼자국이야!'

특수부대 출신에 형사인 그가 칼에 베인 자국을 모를 리 없었다.

특히나 가슴에 있는 큼직한 상처는 큰 도검류에 찔린 것으로 즉사에 이를 정도의 큰 상처였다.

그 외에도 꽤나 깊은 상처들이 많았다.

'강제 노동에 칼자국이라 뭔가 이상해……'

김 형사는 의심이 되자 서류 전체가 묘하게 이질적으로 느껴졌다.

'직접 확인해 보면 알겠지.'

의문은 잠시 접어두기로 했다.

그를 직접 보면 쉽게 알아내는 방법이 있었다.

정보 보안과의 조사는 배영택의 말처럼 길지 않았고, 얼마 지나지 않아 김 형사와 양 형사는 박무찬과 마주할 수 있었다.

새까만 얼굴에 깡마른 몸의 박무찬의 첫인상은 무척이나 지쳐 보였다.

"이번엔 또 뭐죠?"

각종 검사와 조사를 받느라 지쳤는지 두 형사를 향한 말투엔 약간의 분노가 섞여 있었다.

"고국에 돌아오자마자 이런저런 조사를 이유로 괴롭혀서 미안해."

김철수는 자신이 한 일이 아님에도 사과를 한다.

"……."

"하지만 이게 우리의 일이니 이해해라. 난 자네 실종 사건을 맡았던 강남경찰서의 김철수라 한다."

김철수는 조곤조곤 얘기를 하면서도 날카롭게 박무찬을 살핀다.

하지만 손등까지 덮은 헐렁한 셔츠와 긴 바지를 입고 있어 원하는 바를 얻기는 힘들었다.

"수사 종결을 위한 것이니 금방 끝나."

"알았어요. 제가 할 일이 뭐죠?"

"내가 묻는 질문에 정직하게 말해주면 돼."

박무찬은 어쩔 수 없다는 듯 긴 한숨을 쉬곤 고개를 들었다.

"이름?"

"박무찬."

"주민등록번호는?"

"930323—XXXXXXX."

"주소는?"

"…호구조사는 적당히 하시죠. 지문과 치아기록까지 확인했을 텐데요? 어떻게 들어오시는 분마다 이름부터 물으시는지……."

범인 심문을 하던 버릇 때문에 기본적인 것을 묻던 김 형사는 박무찬의 말에 쓴 웃음이 났다.

"그럼 이제부터 필요한 것만 묻지. 실종 당시의 상황을 들을 수 있을까?"

"하굣길에 갑자기 목덜미가 뜨끔했어요. 그래서 뒤돌아보려 했지만 금세 정신을 잃었죠. 그리고 눈을 떠보니 광산이더군요."

"광산에 대해 상세히 말해주게."

"어딘지는 모릅니다. 무척 더운 곳이었고……."

서류에 적힌 내용을 박무찬은 다시 서술하듯이 읊는다.

의심할 곳은 딱히 없었다.

물론, 박무찬의 진술을 꼼꼼히 따지자면 허술한 부분이 없잖아 있었다.

하지만 그는 범죄자가 아니라 실종되었다 4년 만에 고국에 돌아온 이였기에 다른 기관에서도 김 형사처럼 수긍을 했는지 모른다.

박무찬은 피해자였다.

"팔 좀 볼 수 있을까?"

"……."

시종일관 담담하게 질문에 답하던 박무찬의 눈빛이 순간 흔들린다.

하지만 곧 옷을 걷고 김 형사를 향해 팔을 내밀었다.

'역시!'

김 형사의 예감이 맞았다.

박무찬의 팔의 근육은 노가다를 해 생긴 근육이 아니라 도 검류를 사용할 때 생기는 근육으로 발달되어 있었다.

'단검을 주로 사용했나?'

손에 박힌 굳은살 또한 박무찬이 곡괭이나 삽이 아닌 무기를 사용했음을 보여준다.

"다 됐어. 협조해 줘서 고마워."

김 형사는 박무찬이 실제로 광산에서 일했든 안했든 상관 없었다. 살아온 것만으로도 담당 형사로서는 기뻤다.

다만, 그가 돌아옴으로 인해 생길 일들에 주목하고 있었다.

그게 복수극이 될지, 또 다른 실종 사건이 될지는 알 수 없었지만 말이다.

"그리고 여기로 오기 전, 집에 연락을 했으니 누군가 곧 도착할 거다."

"…고맙습니다."

"마지막으로 담당 형사로서 살아 있어줘서 고맙다."

고개를 숙인 채 있던 박무찬의 몸이 흠칫했지만 아무 말도 없었다.

그 모습을 잠시 지켜보던 김 형사와 양 형사는 취조실을 나왔다.

*   *   *

4년 간, 지옥과 같은 섬에서 도망쳐 나오길 바랐고, 한국을 다시 돌아오는 것이 소원이었다.

소원은 이루어졌다.

하지만 지옥을 탈출하고 나서도 사람을 볼 때마다 어떻게 하면 최대한 빨리 죽일 수 있을지를 상상하는 내 머리가 똑바르다고 말할 순 없었다.

조금 전도 마찬가지.

두 명의 형사 중 질문을 하던 형사가 흘리는 날카로운 기운에 몇 번이고 손이 나가려는 걸 멈춰야 했다.

그곳과 이곳은 전혀 다른 곳이라고 계속해서 되뇐다.

그리고 다른 생각을 하기 위해 노력했다.

'차… 찬아, 우니를 부, 부탁한다.'

고 선생님의 마지막 모습이 떠올랐다. 그리고 마음을 다잡
는다.

"박무찬?"

취조실의 문이 열리고 무찬에겐 익숙한 얼굴의 중년 사내
가 들어온다.

"송 변호사님……."

송지훈 변호사는 아버지의 고문 변호사였다.

어린 시절부터 날 무척이나 아껴주셨는데 특히 어머니가
병으로 죽은 후론 어머니의 빈자리를 대신해 준 고마운 이였
다.

"정말 무찬이구나……. 살아 있었구나, 살아 있었어……."

와락 껴안은 송지훈은 눈물을 흘리며 기뻐한다.

'역시 삼촌은 아닌가?

납치가 되어 지옥에 떨어진 후, 항상 복수를 꿈꾸었다.

또한, 범인은 누구일까라는 의문이 틈만 나면 떠올랐다.

유산을 노린 범인이라면 가장 유력한 이가 두 누나와 매형
들, 그리고 송지훈 변호사. 물론, 송지훈은 범인이 아닐 것이

라 생각했지만 4년의 세월은 인간에 대한 믿음을 앗아갔다.

'차차 알아보면 되겠지.'

돌아왔기에 급할 것 없었다.

"어디 아픈 곳은 없니? 도대체 어디에 있었던 거야……?"

끝없이 쏟아지는 질문들.

가만두면 하루 종일 이 상태일 것 같아 말을 끊었다.

"괜찮아요. 이제 이곳을 나가도 되나요?"

"그래. 특별한 일 있으면 나에게 연락을 주기로 했다. 어서 집으로 가자꾸나."

무찬은 송지훈과 함께 공항 경찰대를 빠져 나왔다.

인천공항 고속도로를 시원하게 내달리는 자동차.

차를 타고도 수다스럽게 말을 쏟아내던 송 변호사가 조금 전부터 말이 없다.

대신 무슨 말을 꺼내려는 듯하다가 다시 입을 다문다.

"아버지는요?"

창밖을 보던 난 송 변호사가 하고자 망설이는 바를 물었다.

"돌아가셨다……."

그러리라 생각했었고, 그런 말이 나오리라는 걸 알고 있었다. 하지만 심장이 쿵 하고 내려앉았다.

"고… 고통은 없으셨어요?"

아무렇지 않게 말하려 했지만 목소리가 가느다랗게 떨린다.

암이었다.

수술은 실패했고 내가 납치되기 몇 개월 전 시한부 판정을
받았었다.

"그래, 하지만……."

뒷얘기는 귀에 들어오지 않았다.

어머니가 돌아가시고 지극히도 날 아끼던 아버지였기에
죽기 전에 무슨 생각을 하셨을지, 어떤 마음이었을지 상상이
갔다.

"…네가 이렇게 살아 있다는 걸 아셨으니 지금이라도 좋아
하실 게다."

"……."

난 종교와 그곳에서 말하는 천국과 지옥을 믿었었다.

그러나 현세에 있는 지옥을 겪은 후론 철저한 무신론자가
되었다.

죽은 사람은 아무것도 알지 못한다는 것이다.

"어디에 계시죠?"

"사모님 옆에 모셨다."

"누나… 그들이 반대했을 텐데요."

그들이 순순히 새엄마인 어머니 곁에 모셔지는 걸 허락할
리 만무했다.

"반대가 있었지만… 유언이셨다."

"두 분을 보고 싶네요."

"알았다."

송 변호사는 내비게이션의 목적지를 재설정하기 시작한다.

일주일에 두 번 있는 사냥의 시간.

사냥을 당할 것인지 할 것인지 둘 중 하나의 경우를 제외하곤 어떤 선택도 존재 하지 않는 이곳.

눈을 감는다. 그리고 모든 신경을 귀와 피부로 집중시킨다.

작은 벌레들이 몸에 달라붙어 내 피를 빨고 너덜거리는 옷 사이로 기어 다녔지만 그것에 신경 쓸 여유가 없다.

스륵~

나뭇잎이 스치는 소리.

운이 좋은 건가?

오늘 사냥감은 최근에 이 섬에 들어온 사람인지 필요 이상의 소리를 만든다.

조심스럽게 놈과의 거리를 좁힌다.

─뿌득!

썩은 나뭇가지를 밟는 소리가 이제는 제법 가깝게 들린다.

뾰족하게 깎인 나뭇가지를 움켜진 손에 살짝 힘을 준다.

7m, 6m…….

사냥할 수 있는 거리.

눈을 뜨며 사냥감을 확인하며 몸을 날렸다. 그리고 놈의 목에 정확히 나뭇가지를 박아 넣었고, 꿈틀거리는 목을 꺾었다.

부드득! 끄륵!

기괴한 소리를 내며 사냥감은 무너져 내린다.

"고, 고 선생님?"

뭔가 잘못됐다.

분명 고 선생님이 아니었다. 냄새도, 움직임도, 형체도 달랐는데…….

"네, 네놈이……!"

목에 나뭇가지를 꽂은 채 목이 90도로 꺾인 고 선생이 일어나며 잔혹한 표정을 짓는다.

방금 전까지는 고 선생의 얼굴이었는데 곧 며칠 전 내 손에 죽은 인물의 얼굴로 바뀌며 다가온다.

"죽어!"

어느새 손에 들린 정글도를 휘둘렀다.

─스각! 스각! 스각!

다가오던 이는 목이 분리되고 몸통이 잘렸다.

하지만 끝이 아니었다.

잘려진 부분 부분이 금세 사람의 형체로 변했다.

심장이 뚫린 자, 목이 반쯤 잘린 자, 팔다리가 뒤틀린 자.

"살… 인… 자!"

인간에서 점차 괴물로 변한 그들은 날카로운 이빨을 들이

밀며 달려든다.

"으아아아아아아아!"

두려움에 비명을 지르며 끊임없이 팔을 움직였다.

그때마다 붉은 피와 함께 조각나는 괴물들. 하지만 조각들은 더 많은 괴물들을 만들어냈다.

마침내 온몸에 힘이 떨어졌다.

그리고 괴물들에게 팔다리가 뜯겨 나간다.

'이제야 죽는구나.'

안도였다.

4년간 단 한 번도 가져보지 못했던 편안함에 미소가 서서히 번진다.

그리고 머리만 남은 나를 향해 상어처럼 입을 벌리고 덮쳐온다.

─끼익!

"……"

어두운 방, 옷장 속에서 웅크린 채 자고 있던 난 거실 문이 열리는 소리에 깨어났다.

아버지와 어머니를 모신 납골당에 들렀다가 예전 살던 집으로 돌아왔다. 하지만 쉬려고 침대에 누웠지만 잘 수가 없었다.

그래서 선택한 곳이 옷장이었다.

'세 명. 송 변호사……. 나머지 두 명은 누구지?'

1층 거실로 들어오는 이들의 인기척에 악몽에서 벗어난 뒤에 흐르는 땀을 훔치며 조심스레 옷장을 빠져 나왔다.

그리고 주위를 살펴 무기가 될 만한 것을 찾아본다. 빈손으로도 몇 명쯤 처리 못할 내가 아니지만, 뭐라도 들고 있는 편이 안심이 된다.

플라스틱 옷걸이를 하나 빼서 살짝 비틀어 부순다.

손에 숨길 수 있을 만한 크기의 플라스틱 조각을 쥐고서야 방을 나섰다.

2층에서 보니 송 변호사와 비슷한 양복에 비슷한 가방을 든 두 명과 송 변호사는 거실 소파에 앉아 있었다.

딱히 위험해 보이진 않는다.

움직임과 앉아 있는 자세만 봐도 그들의 실력을 대충 유추할 수 있었다.

"푹 쉬었니?"

"네. 두 분은 누구세요?"

"이쪽은 김 변호사님, 이쪽은 한 변호사님, 네 유산상속 문제로 오셨다."

날 4년 간 지옥에 머물게 만든 유산.

차라리 아무것도 상속받을 것이 없었더라면 나았을 텐데…….

"사장님은 혹시나 모를 일을 대비해 유언장을 세 곳에 맡기셨다."

하긴, 믿을 사람이 없는 세상이니.

"제가 받을 것은요?"

"일단 청담동에 있는 이십 층 건물과 논현동에 있는 십오 층 건물 두 개, 그리고 양평에 있는 땅 만 평과……."

많은 것을 남겨 주셨다.

아버지의 재산이 많다는 건 알고 있었다. 하지만 내 몫으로 남겨진 것은 상상 이상이었다.

"…마지막으로 사장님이 경영하시던 대양건설의 지분 15%를 남기셨다."

"꽤 많군요. 제가 사라져야 할 만큼."

"누구 짓인지는 모르지만 그들이 잘못 생각한 것이 있다."

"무슨 말이죠?"

"네게 상속이 되지 않으면 대양건설의 지분을 제외하고는 모조리 사회에 환원하라고 유언하셨다."

"크… 크큭큭큭큭!"

유언장이 공개되었을 때 그들의 얼굴이 어땠을지 눈앞에 선했다.

"그런데 왜 사회에 환원을 하지 않은 거죠?"

"사장님은 네가 돌아올 것이라고 끝까지 믿으셨다. 그래서 10년 뒤에 사회에 환원하라고 하셨다."

말라 버린 줄 알았는데…….

아버지가 유언을 남기실 때를 떠올리자 나도 모르게 눈물이 방울방울 흘러 테이블에 떨어진다.

송 변호사와 그가 데려온 두 명이 내미는 서류를 확인하고 여러 차례 사인을 하자 비로소 상속이 끝이 났다.

"저희는 이만 가보겠습니다."

"고생들 하셨어요."

오늘 처음 본 두 사람은 돌아갔지만 송 변호사는 다른 할 일이 있는지 새로운 서류를 꺼낸다.

"그건 또 뭐예요?"

"이건 어머니가 남기신 유산이다."

"……."

아버지가 남긴 재산에 비하면 적었지만 아껴 쓴다면 평생 놀고먹을 정도의 금액이었다.

그뿐만이 아니었다.

상속받은 건물의 임대 수익금과 돈의 이자 수익 또한 지난 3년 간 엄청나게 모여 있었다.

"관리는 지금까지 송 변… 삼촌이 하셨어요?"

내가 생각하는 범인의 용의선상에서 일단 제외된 그를 계속 송 변호사라고 부르기엔 무리가 있었다.

"그래."

"그럼, 앞으로도 부탁드릴게요. 물론, 관리비는 충분히 가지시고요."

"그건······."

"제가 그 재산을 관리할 능력이 없다는 건 잘 아시잖아요. 그리고 믿을 사람도 없고요. 부탁드려요."

"알았다. 한동안 더 맡다가 됐다 싶을 때 모두 넘겨주마."

"감사합니다."

머리 복잡한 재산관리를 넘겨받을 생각은 없었다. 100%로 믿을 수는 없지만 그래도 이 세상에서 가장 믿을 수 있는 이는 송 변호사, 삼촌뿐이었다.

"그리고 또 한 가지 삼촌께 부탁드리고 싶은 게 있어요."

"말해라. 내가 들어 줄 수 있는 것이라면 뭐라도 들어주마."

"유언장을 작성하고 싶어요."

"뭐? 유언장?"

"네. 언제 또 사라지게 될지 모르잖아요. 내일이라도 교통사고로 죽을 수도 있는 일이고요."

죽음을 담담하게 말하는 나의 모습에 잠시 질린 듯한 표정을 짓던 삼촌은 어쩔 수 없다는 듯 녹음기와 유언장에 쓰일 빈 서류를 꺼낸다.

"현재 시간, 20XX년 6월 20일 10시 25분. 지금부터 박무찬 군의 유언을 녹음합니다."

"제가 죽는다면 저의 전 재산을 사회에 환원하겠습니다. 환원 방법은 아버지의 이름으로 된 사회복지 재단을 만들고,

그 재단은 송지훈 변호사께서 맡는 걸로 하겠습니다."

딱히 누군가에게 남길 재산은 아니었기에 유언장 작성은 금세 끝이 났다.

"핸드폰과 카드는 내일 갖다 주마."

"네."

할 얘기를 마친 삼촌은 서류가방을 들고 자리에 일어났다. 그리고 거실 문을 나가려다 잠시 발걸음을 멈춘다.

"참, 사장님이 임종직전에 너에게 남긴 말이 있었다."

"…뭐죠?"

"용서하라고, 잊으라고 하셨다."

"……."

그 말을 끝으로 삼촌은 갔지만 난 한참을 그 자리에 서 있어야 했다.

삼촌의 말이 사실일까?

왠지 거짓처럼 느껴진다.

내가 생각하는 바를 느낀 건가? 모를 일이다.

하지만 삼촌은 나에 대해 잘못 생각하고 있다.

4년 간 지옥에서 살 수 있었던 원동력은 분노였고, 복수에 대한 꿈이었다.

용서하라고?. 잊으라고?

있을 수 없는 일이다.

그건 언제 붕괴될지 모르는 날 버티게 해주는 힘이었다.

"하하하하하!"

어이없는 웃음이 터져 나왔다.

하지만 웃음은 금방 멈췄다. 앙다문 어금니에서 뿌드득거리는 소리가 났고, 꽉 쥔 두 손은 부들거린다.

이렇게 난 분노를 삭인다.

2장

이곳도 지옥이다

　이튿날, 삼촌은 핸드폰과 내 이름으로 된 카드를 들고 왔다.

　"이자 수익에 대한 통장과 연계된 카드다. 단축 다이얼 9번이 내 전화니까 부족하거나 필요한 일 있으면 언제든지 연락해라."

　"고마워요, 삼촌."

　"가정부가 필요할 것 같아 구해놨는데 어떻게 할래?"

　"그냥 일주일에 두 번, 청소만 해주시면 되요."

　"그걸로 괜찮겠니?"

　삼촌이 무얼 걱정하는지 짐작했지만 누군가가 내 주변에

있다는 게 오히려 불편했다.

"밥은 시켜 먹거나 사먹는 게 편해요."

"네가 그렇다면 어쩔 수 없지. 월, 목 이틀로 잡으라고 하마. 그리고 이 큰 집에 혼자 있는 게 아무래도 불안하구나. 내 생각엔 경호원들을 고용했으면 하는데……."

"필요하면 말씀드릴게요. 지금은 딱히 필요할 것 같지 않아요."

"그래도…"

"제가 납치될 때도 아무런 소용이 없었다는 것 아시잖아요."

"……."

걱정스런 표정으로 짓는 삼촌을 무시한 채 딱 잘라 거절했다.

경비 시스템만으로도 충분했다.

"휴~ 내 편한 대로 하려무나."

절레절레 고개를 흔들며 삼촌은 결국 포기를 했다. 하지만 매일 전화 통화를 하자는 말에는 나 역시 고개를 끄덕일 수밖에 없었다.

"자, 내가 부탁했던 고우니 양의 자료다."

고 선생님의 딸인 고우니에 대한 자료는 어제 부탁한 것치고는 꽤나 자세했다. 심부름센터보다 검찰과 친한 삼촌께 부탁하길 잘했다 싶다.

"누군지 모르지만 지금 병원에 있더구나."

"병원요?"

"그래. 마지막 장에 입원한 병원과 병실이 있을 게다. 도움이 필요하면……."

삼촌의 말이 끝나기도 전에 서류를 들고 집을 나섰다.

고우니를 부탁한다는 고 선생님의 유언은 내가 죽더라도 지켜야 할 약속이었다.

병원에 있다는 얘기에 생각 없이 뛰쳐나왔다. 나에겐 사람이 많은 장소는 곤욕이었다.

북적이는 병원의 로비를 잔뜩 긴장한 채 통과해 고우니가 입원한 11층의 병실로 향했다.

6인 병실이었지만 열아홉 살의 여자는 한 명뿐이었기에 금세 찾을 수 있었다.

"고우니……?"

침대로 다가가며 고 선생님이 귀에 딱지가 앉도록 들어 낯설지 않은 이름을 나지막이 중얼거린다. 그러나 링거를 꼽고 자고 있는 그녀는 듣지 못했는지 미동도 없다.

고 선생님은 고우니를 표현할 때 천사와 같이 예쁘고, 토끼처럼 깜찍하고, 미래엔 미스코리아 진이 될 아이라고 자랑을 했었다.

하지만 지금 보니 말과는 많이 달랐다.

환자라는 점을 많이 감안해도 꽤 평범한 얼굴이었다.

'여기서 나가면 너에게 소개시켜 주마! 하하하!'
'고맙습니다, 고 선… 장인어른. 헤헤헤!'

과거 좁은 모래사장에 앉아 햇살을 받으며 주고받던 장면이 떠올랐다 사라진다.
'헤헤헤! 결혼은 무리지만 잘 돌볼게요.'
죽은 고 선생님에게 객쩍은 농담을 던진 후, 누워 있는 고우니의 상태를 살펴본다.
자살?
삼촌이 준 자료에는 고우니 병명은 없었지만 손목에 감겨진 붕대와 핏기 없는 얼굴을 보니 짐작이 됐다.
정확한 것을 알아보기 위해 병동에 위치한 간호사실로 갔다.
"1106호실 고우니 환자, 지금 상태가 어떻습니까?"
"누구시죠?"
"우니의 먼 친척 오빠 됩니다."
친절하던 간호사는 모니터에서 뭘 봤는지 잔뜩 경계하는 눈빛으로 조심스럽게 말을 건넨다.
"입원했을 땐 피를 많이 흘린 상태여서 무척 위험했었어요. 하지만 응급조치가 빨라 다행스럽게도 지금은 생명엔 지장이 없어요."

"다른 이상은 없나요?"

"네……. 지금은 회복 중이니 며칠 있으면 퇴원 가능할 거
예요."

"그렇군요. 고맙습니다."

간호사는 분명 뭔가를 더 할 말이 있어 보였다. 하지만 왠
지 꺼리는 듯한 모습에 일단 인사만 하고 물러났다.

머리가 빠르게 돌아가기 시작했다.

고 선생님에게 들은 얘기와 삼촌이 준 서류, 그리고 간호사
의 행동을 조합해 하나의 가설을 세운다.

고우니의 아빠인 고 선생님은 자신의 납치를 사주한 이가
바람난 자신의 부인이거나, 그녀와 내연의 관계에 있던 사람
이라고 생각했었다.

의심스러운 행동과 잦은 외출에 몇 번의 부부 싸움이 있었
고, 이후 사람을 붙여 미행을 시켰다고 했었다.

그리고 그 결과를 듣기 전에, 도리어 자신이 납치가 되었다
는 것이었다.

서류의 내용을 보면 고 선생님의 생각은 타당성이 있어 보
였다.

그가 실종된 후, 고우니의 주소는 외할머니 댁으로 바뀌게
되었는데, 3년 후 그의 부인은 인천에서 주검이 되어 발견됐
다.

'필요가 없어져 내연의 남자에게 버림받았거나 살해되었을 가능성도 있겠지.'

고우니의 불행은 그것이 끝이 아니었다.

그녀의 엄마가 죽고 2년 뒤, 집 주소가 한 번 더 바뀌는데 제법 잘 사는 강남의 빌라에서 강북의 옥탑방으로 거처를 옮기게 된다.

그리고 다시 1년 뒤, 그녀의 유일한 혈육인 할머니마저 죽고 만다.

불행의 여신이 고우니에게 붙어 있는 건가?

아닐 것이다.

고우니를 찾아왔다고 했을 때 친절하던 간호사가 날 보는 눈빛에선 두려움과 경멸스러움이 함께 느껴졌었다. 이 말은 누군가가 친척조차 없고 자살을 시도한 고우니를 찾아온 사람이 있었다는 것이다.

그리고 그 인간은 불행의 여신보다 더한 놈일 가능성이 높았다.

병실이 아니라 병원 1층의 편의점으로 가 음료수와 간단한 먹을거리를 사서 다시 간호사실로 갔다.

마침 아까 얘기하던 간호사가 있었다.

"고생들 하시는데 이거 드세요."

"어머, 이러시면 안 되는데…….."

"찾아올 사람 없는 동생 잘 돌봐주신 것과 앞으로도 잘 부탁드린다는 의미니 부담 갖지는 마세요."

"풉! 은근히 부담 주시네요."

어색하지만 미소를 지으며 얘기를 하니 경계하던 눈빛이 사그라진다.

"우니에게는 일가친척 중 저밖에 없어서 병원비를 못 냈을 거예요. 일단 지금까지 나온 병원비부터 계산할게요."

"병원비는 1층 원무과에서 납부하시면 돼요. 근데……."

"네?"

"고우니 환자 오빠들이라고 매일 찾아오거든요. 그럼 그 사람들은……?"

"어? 누구지? 우니가 친척이라 할 사람은 저밖에 없는 데……. 좀 자세히 말해주겠어요?"

"그러니까, 그게……."

내 예상이 맞았다.

조폭처럼 생긴 이들이 시도 때도 없이 우니를 찾아온다는 것이다.

"그건 제가 해결하죠. 혹 더 해주실 말 있으시면 해주세요."

"고우니 환자에게 몇 가지 검사를 더 해야 하는데 그 사람들이 못하게 했거든요."

"필요한 건 모두 해주세요."

"네. 의사 선생님께 말씀드리고 진행할게요."

간호사와 얘기를 끝내고 다시 병실로 향했다. 아무래도 한동안 고우니 곁에 머물러야 할 모양이다.

"당신들이 이겼어요."

병실에 들어온 지 2시간 만에 깨어난 고우니는 생기라곤 한 점 없는 눈빛으로 말한다.

"……."

"원하는 대로 해요."

이게 다였다.

도무지 이해 못할 말.

무슨 의미인지 물어볼까 하다가 차차 묻기로 하고 멈춘다.

이후론 멍한 눈빛을 창밖으로 향한 채 한마디도 하지 않는다. 무슨 말로 시작할까 잠시 고민하다 입을 열었다.

"고두리 선생님의 부탁으로 왔어."

움찔!

내 말이 거짓이라고 생각하는 건가? 순간적으로 반응을 보였지만 그게 끝이었다.

"믿지 못하겠지만 사실이야. 7년 전 실종된 그분과 만났고 널 보살펴 달라는 부탁을 받았어."

"…거… 짓말."

"거짓말이 아냐."

"……."

우니 역시 나처럼 인간에 대한 믿음이 없었다.

잠깐 생각하다 입을 열었다.

"네가 여섯 살 때 유치원에 가기 싫다고 숨어서 집이 발칵 뒤집어졌었지? 고 선생님은 경찰에 신고하고 난리가 났었지. 결국 찾은 곳이 세탁실 다락이었다지? 그리고 그해 여름, 수영장에 넘어져 무릎에 상처가 생겼고, 또 여덟 살 땐……."

거짓말 좀 보태서 수백 번 들었던 얘기들이다.

마치 나의 추억이라도 되는 양 말을 잇자 고우니의 얼굴은 점점 경악으로 물든다.

그중에는 고 선생님과 그녀 둘만 아는 비밀도 있었다.

"다, 당신… 누구죠? 어, 어떻게……?"

"내 이름은 박무찬. 아까 말했지만 고 선생님의 부탁으로 왔어."

"아빠는 7년 전……."

"실종되셨지."

"그럼?"

조금 전과 다르게 일말의 기대를 가진 눈빛으로 날 바라보는 고우니를 보니 뒷말이 쉽사리 떨어지지 않는다.

하지만 어차피 해야 할 말.

"얼마 전에 돌아가셨어."

"아……!"

실종된 지 7년이 넘었으니 이미 죽었다고 생각했을 것이다. 물론 한 가닥 희망은 가지고 있었을지 모른다.

난 그 희망에 죽음을 선고했다.

하지만 고우니는 생각보다 강했다.

아니, 절망에 익숙하다고 해야 하나?

울음이 조금씩 잦아들더니 금세 처음과 같은 표정의 눈빛으로 돌아온다.

"아빠… 7년 간 어디에 계셨어요?"

"갇혀 있었어."

"어디에요?"

"아주 먼 곳."

대답하기 싫다. 지옥과 같은 그곳 생각에 온 신경이 곤두선다.

"편안하게… 가셨어요?"

"응. 널 한 번이라도 보고 싶어 하셨어."

"…좀 쉬어야겠어요."

내 맘을 알았는지 고우니는 더 이상 묻지 않고 눈을 감는다.

다행이다. 고 선생님 얘기는 나에도 상처였다.

고우니가 잠든 것을 확인하고 화장실로 가려는데 검은 양복 사내 둘이 방으로 들어온다.

"넌 누구냐?"

껄렁하고 버릇없는 말투, 겁을 주려는 듯 못생긴 얼굴을 더욱 구긴다.

"우니 먼 친척입니다. 그러시는 두 분은 누구시죠?"

"우리? 돈 받으러 온 사람."

"우니가 돈을 빌렸었나요? 우니는 아직 미성년잔데……."

"하?"

눈썹이 물결처럼 꿈틀거리던 덩치는 죽일 듯이 날 바라보다가 주변을 의식했는지 떨떠름하게 말을 잇는다.

"애 할머니가 빌렸지. 근데 그 할망구가 갚기도 전에 죽어버렸어. 물론, 그 할망구의 빚을 애가 갚아야 할 의무가 없다는 거 알아. 하지만 돈을 떼이게 된 우리가 불쌍해 보였던지 애가 자기가 갚겠다고 각서를 써줘서 말이지."

그 또한 불법이다.

하지만 경찰도 검찰도 아닌 내가 위법 여부를 시시콜콜 알 필요는 없었다.

"얼마입니까? 우니 할머니가 빌린 돈이?"

"왜, 네가 갚아주게?"

"가능하다면요. 얼마죠?"

"…삼, 삼천만 원."

전혀 생각지 못한 상황이라서 그런지 두 놈은 잠시 당황하더니 태연한 척 말한다.

"지금 당장 갚죠. 차용증과 우니가 썼다는 각서 가지고 왔어요?"

"……."

"여긴 병실이니까 밑에 있는 은행 내려갈까요? 바로 드리죠."

"그, 그건 안 가져왔는데…….."

"가져 오세요. 아니, 오늘은 늦었으니 명함주시면 내일 11시쯤 방문 드리죠."

뭐가 마음에 안 들었는지 낮은 목소리로 욕설 몇 마디를 내뱉은 둘은 명함을 던져주고 병실을 나갔다.

"태창 캐피탈이라……."

돈은 갚겠다는데 반기지 않는 것을 보니 아무래도 독한 놈들이 걸린 모양이다.

*　　　*　　　*

태창 캐피탈은 강서구 신월동의 작은 시장과 맞닿은 오래된 3층 건물에 위치해 있었다.

10시쯤 도착해 간판을 보고도 바로 들어가지 않았다. 느낌이 좋지 않아 주변을 돌아다니며 시간을 때웠다.

그리고 11시 10분 전에야 두터운 철문을 두드렸다.

"이 새끼, 말로 해선 도저히 안 되겠구먼."

"밟아!"

"윽! 윽! 사, 살려주세요."

사무실 안은 밖에서 보는 것과 다르게 꽤나 정갈하게 꾸며져 있다.

ㄱ자 모양으로 된 책상 3개가 놓여 있고, 그 가운데 인조가죽으로 된 갈색 소파가 자리 잡고 있다. 그리고 창문 주변에는 이름 모를 화분들이 쭉 배치되어 있었다.

심지어 벽에는 사채업체와 어울리지 않은 그림도 몇 점 걸려 있다.

소파에 하나, 책상에 둘, 그리고 한 귀퉁이에서 채무자로 보이는 꾀죄죄한 중년 남자를 밟고 있는 둘.

"넌 누구냐?"

소파에 앉아 담배를 피던 놈이 '분위기 무섭지?' 하는 표정을 지은 채 묻는다.

일반인이라면 충분히 겁먹을 분위기.

내 생각처럼 쉽게 끝낼 생각이 없어 보인다.

"고우니 일로 왔습니다. 어제 말했는데요."

"아~ 고우니……. 얘들아, 손님 오셨는데 시끄럽다!"

"네! 형님!"

때리던 놈들은 곧 손을 멈추고 채무자에게 간단한 협박 후 내보낸다.

연기를 했어도 성공했을 놈들이다. 아니, 일부러 날 보라고 하는 행동인가?

"이쪽으로 앉지."

"그러죠."

"난 이곳 대표 김만구야. 나이도 어려 보이니 말 편히 하지."

"…그러세요."

"우니 돈을 대신 갚겠다고?"

"여기 있어요."

삼천만 원이 든 봉투를 테이블에 놓고 김만구 앞으로 밀었다. 봉투 속 수표를 확인한 그는 다시 내 앞으로 던진다.

"삼천이 아닌가요?"

"음, 맞긴 한데… 솔직히 그 돈으로 고우니를 풀어주기가 싫군."

"그건……."

"아아~ 불법이니, 신고한다느니 하는 소리는 하지 마. 그 따위 게 무서웠으면 이런 일을 하지 않았을 테니까. 우리는 죽음도 무섭지 않아. 다만 복수를 못하는 것이 두려울 뿐이지. 참, 지난달에 경찰에 불법 사채라고 꼰지른 녀석 어떻게 됐지?"

"야산에서 거름이 다 됐을 겁니다, 형님."

"들었지? 그렇다고 무서워 말라고. 아무 죄 없는 사람을 그렇게 할 정도로 막돼먹진 않거든. 그 녀석 때문에 깜빵에 들어간 동생 녀석을 위로한다고 한 일이니까."

사람의 마음을 읽을 수 있는 능력은 없다.

하지만, 눈동자의 움직임, 숨소리, 작은 행동들을 통해 말하는 바가 진실인지 아닌지는 어느 정도 파악 할 수 있다.

놈들의 말은 진실에 가까웠다.

김만구의 말이 이어졌다.

"넌 모르겠지만 고우니가 자살을 시도한 게 이번만이 아니야. 벌써 세 번째라는 거야. 독한 년이지. 돈을 받기 위한 일이라곤 하지만 나나 우리 애들이 얼마나 힘들어 했는지 모를 거야."

"고생하셨네요."

"허허! 그렇게 말해주니 고맙군."

돈을 더 달라는 얘기를 참 거창하게도 한다.

"혹시 몰라 이천 정도 더 가져왔는데 드리죠."

이천만 원이 든 봉투를 꺼내 테이블에 옮겼지만 김만구의 표정은 변함이 없다. 그리곤 더 노골적인 말을 꺼낸다.

"원래 네가 돈을 갚는다고 오지 않았다면 우니 그 계집애 술집에 보낼 생각이었어."

피식! 웃음이 나왔다.

사실 우니는 은인인 고 선생님을 생각해 주관적인 감정을 싣는다고 해도 결코 예쁜 얼굴은 아니었다.

"아직 여자를 모르는군. 우니가 지금은 밋밋한 얼굴이지만 눈 살짝 집어주고 화장만 해주면 바지춤 풀고 달려들 놈들이 수두룩할걸."

병원에서 우니가 깨어나 날 보며 했던 말을 이제야 이해할 수 있었다.

얼마나 오랫동안 시달려 왔을 지…….

멍하고 나이답지 않은 눈빛이 떠오른다.

"말 돌리지 말고 원하는 액수를 정확히 말하시죠."

더 이상 말을 듣기 싫어졌다.

내 등을 노려보는 놈들의 기운도 싫었고, 아까 맞은 채무자가 흘린 피 냄새도 싫었다.

무엇보다도 가까스로 억누르고 있는 살기를 참기 어려웠다.

"2억! 내가 생각하는 우니의 가치에 비하면 부족하지만 또 언제 죽는다고 설칠지 모르니 감안해야지. 뭐, 돈이 부족하다면 당장 주지 않아도 돼. 한 달 정도는 기다려줄 수 있으니까."

우니를 결코 놓아줄 생각이 없고, 나마저 늪에 빠뜨릴 생각인가?

물론, 돈이야 넘쳐나니 그럴 가능성은 없겠지만 말이다.

"오늘 드리죠."

"…허허. 이 친구, 생각보다 재력가군."

역시나 김만구의 눈빛은 탐욕으로 일렁거린다.

"대신 한 가지만 묻죠."

"그 정도 서비스야 하지."

"우니가 돈을 빌렸을 리는 없을 테고, 할머니가 빌린 건가요? 아니, 재산이 어느 정도 있었던 할머니도 아니겠군요. 우니 엄마인 신숙경 씨의 빚인가요?"

"그렇지. 그 채권을 내가 샀으니까."

"그럼, 신숙경 씨와 사귀었다는 남자에 대해 알고 있으세요?"

"글쎄? 이미 한 가지 질문에 대해 답했으니 말해줄 의무는 없겠지?"

"그렇군요."

"돈을 더 준다면 생각해보지."

"그냥 제 생각이 맞는지 확인한 것뿐이에요."

"아쉽군."

질문의 답은 듣지 않아도 알 수 있었는데 굳이 돈을 더 쓸 필요는 없었다.

"계산은 어떻게 할까요?"

"현금이 좋지. 수표는 불편하거든."

"그러죠."

난 현금을 찾기 위해 자리에서 일어났다.

"참, 돈을 찾아오기 전에 확답을 받아야겠어요. 앞으로 절대 고우니를 괴롭히지 않는다는."

"그야 당연하지. 다른 일이 없다면야……. 하하하하!"

입은 웃는데 눈은 여전히 먹이를 앞에 둔 뱀처럼 교활하게 움직인다. 그리고 말끝을 흐리는 걸 보니 결코 놓아줄 생각이 없어 보인다.

고우니가 안전하게 된다면 돈은 더 줄 수도 있다.

하지만 이놈들은 끝없이 먹을 것을 탐하는 아귀 같은 놈들.

위험 요소를 남겨두는 건 바보짓이다.

"크크크크큭큭! 크크큭…… 크하하하하!"

갑자기 참을 수 없이 웃음이 터져 나왔다.

하지만 내 표정은 변함이 없다. 남들이 볼 땐 꽤 괴기스럽게 보일 것이다.

김만구는 가볍게 인상을 쓰고, 동생이라는 놈들은 욕을 했지만 멈춰지지 않는다.

지옥에서 벗어났을 때, 고 선생님의 죽음에 아픔도 있었지만 기뻤다. 하지만 고국에 돌아오고 나서는 마냥 기뻐할 수 없었다.

누군가 나의 뒤에 걷고 있으면 살기가 끓어올랐고, 그들의 일상적인 움직임에 빈틈을 찾아 도륙하려는 날 달래야 했다.

지옥의 4년은 날 파괴적이고, 비인간적이고, 비정상적인 인간으로 만들었다.

아니, 인간이 아니라 악마인지 모른다.

피에 젖은 손은 다시 피를 갈구하고, 끓어오르는 분노는 표출할 곳을 찾지 못해 날 찢고 있다.

그토록 치를 떨며 벗어나고자 한 지옥이건만…….

이곳도 지옥이었다.

슬픔과 기쁨이 공존한다.

지옥이 계속됨을 안에서 울고, 내 속에 웅크린 악마가 밖에서 웃는다.

"거머리 같은 놈들."

"뭐? 이 새끼가 지금 뭐라는 거야."

"2억에 만족을 했으면 좋았을 텐데."

갈 곳 없어 헤매던 분노가 머리에서 폭발했다. 그리고 테이블에 놓여 있던 명함을 들어 멀리 떨어져 있는 김만구의 동생 3명에게 날렸다.

―피피피피피피피픽!

"컥!"

"크악! 큭!"

"크윽!"

내 힘을 머금은 종이 명함들이 공기를 가르고 날아가 놈들의 눈에 꽂히거나 목에 경동맥을 끊는다.

종이에 불과한 명함이지만 제대로 맞으면 뼈 깊숙이 박힐 정도였다. 세 명은 목과 얼굴에 여러 장이 명함을 박힌 채 쓰러진다.

"이 새끼가!"

내 등 뒤에 가까이 붙어 있는 놈이 벼락처럼 붙어온다.

쾅!

달려오는 힘을 이용해 그대로 테이블 위로 매쳤다. 그리고

테이블에서 튕겨져 오르는 볼펜을 잡아 그대로 머리에 박아
넣었다.

"끄럭……."

괴상한 소리를 내며 꿈틀거림이 멈추자 간신히 일어선다.

"이, 이……!"

김만구는 눈이 찢어져라 부릅뜬 채 몸을 떨며 말을 더듬는
다.

비상식적인 일이 일어나면 순간 아무런 사고를 할 수가 없
다.

강도가 뒤에서 입을 막으며 칼을 목에 들이밀면 영화에서
처럼 강도를 무찌를 수 있는 사람은 극소수에 불과하다.

대부분의 사람은 몸이 굳어 비명조차 지르지 못한다.

"너, 넌 누구지? 어느 파에서 오, 온 거냐?"

공포에 질린 눈은 여전하지만 그동안의 험난한 생활을 해
온 김만구는 금세 제정신을 차린다.

난 답하지 않고 바람처럼 다가가 그를 향해 주먹을 날렸다.

퍽! 퍽! 퍼억!

"……!"

치명적이진 않지만 비명조차 지르질 못할 곳을 때렸다. 그
렇게 한참을 아무 말 없이 팼다.

"도, 도대체 뭘 바라는… 겁니까?"

"우니와 관련된 모든 것."

"아, 알겠습니다. 시, 신숙경의 남자친구 놈이 그녀의 이름으로 천만 원의 사채를 사용했고, 그 채권이 저에게 왔습니다. 그래서 저도 돈을 받기 위해…(중략)… 어쩔 수 없었습니다."

잘도 지껄인다.

자신은 정당하다고 말하지만 결국 천만 원으로 우니 할머니의 집과 재산을 삼키고 그것도 모자라 목숨까지 앗아가다니.

"사, 살려 주십시오."

몇 가지를 더 묻고 얘기가 끝나자 김만구는 살려 달라고 빈다.

"아까완 얘기가 다르군. 죽음은 두렵지 않다고, 단지 복수하지 못하는 것이 두려울 뿐이라고 했잖아?"

"저, 절대 아닙니다."

"내 이름은 박무찬. 복수해, 그럼."

"……!"

뿌득!

김만구의 목이 흉측하게 돌아간다.

그의 죽음을 끝으로 끓어오르는 살기가 가라앉는다. 그리고 내가 저지른 일이 눈에 보인다.

순간 일어난 죄책감은 금세 사라졌다.

죽이지 않으면 죽어야 하는 상황.

당하지 않으려면 먼저 행해야 하는 상황이 너무 익숙해진 탓이리라.

한쪽에 있는 금고를 열고 서류에 불을 붙였다. 우니의 차용증과 각서는 서서히 사라졌다.

그리고 불붙은 종이를 여기저기에 던지곤 밖으로 나왔다.

*   *   *

"원한다면 할머니와 살던 집을 구해주지. 그리고 월세는 천만 원 정도 나올 건물도. 현금으로 원한다면 그것도 가능해."

"……."

"더 필요한 건 없어?"

"……."

도대체 앤 무얼 보는 걸까? 죽은 할머니나 고 선생님을 보이는 건가?

휴~ 모르겠다.

자살 후유증으로 바보가 된 걸지도.

1인실로 병실을 옮겼는데 아무래도 실수인 것 같다. 나마저 입을 다무니 에어컨이 작동하는 소리밖에 들리지 않는다.

오전부터 이 모양이다. 1시간 간격으로 우니에게 내가 해줄 수 있는 것들을 말했지만 묵묵부답이다.

앵무새처럼 말하기 싫어 조금씩 조건을 바꿔 말해봤지만 이제는 정말 포기다.

"낼 다시 올게. 내가 말한 것 잘 생각해봐."

"…아빠가 오빠한테 뭐라고 했어요?"

막 문을 열고 나가려는 순간, 우니는 입을 열었다.

"이미 말했잖아. 널 부탁한다고 하셨어. 난 그 약속을 꼭 지키고 싶고."

"돈을 주라고 하셨어요?"

"그런 말은 없었어. 단지… 필요한 거니까."

"다른 걸 부탁해도 들어줄 건가요?"

"물론이지. 내가 할 수 있는 건 무엇이든."

드디어 고 선생님의 부탁을 들어줄 수 있게 되었다고 생각하니 살짝 기분이 들뜬다. 그리고 우니는 날 바라보며 말한다.

"…혼자 있기 싫어요."

"경호원 둘을 붙여줄게. 그리고 사채업자들은 걱정 마. 내가 잘 해결했으니까."

"내 말은……."

"왜 더 붙여줘?"

"…경호원 얘기가 아니에요."

"그럼?"

잠시 우니가 말하는 바에 대해 생각해본다. 그리고 한 가지 생각에 이르자 스스로 깜짝 놀란다.

"설마… 농담이지?"

고개 흔들지 마!

아무리 고 선생님의 부탁이 있다고 해도 절대 허락할 수 없
는 일이다.

난 시한폭탄이다. 언제 어제처럼 피에 미쳐 버릴지 모른
다. 그리고…….

"미안. 그건 내가 힘들겠어. 차라리 돈을 더 줄게."

"그럼, 됐어요. 돈은 필요 없어요."

이 말을 끝으로 우니는 고개를 다시 창밖으로 돌린다.

"휴~"

절로 한숨이 나온다.

우니가 나랑 같이 있겠다는 이유를 생각해 본다. 몇 가지
이유가 떠오르지만 타당성이 없다.

그럼, 살아가야 할 이유가 필요한 건가? 나처럼…….

나의 살아가는 이유는 복수와 약속이다.

그럼 우니는?

모르겠다. 더 이상 생각해 봐야 머리만 아프다.

"그래. 네 제안을 받아들이지. 마음 바뀌면 언제라도 얘기
해."

"네……."

이렇게 상처 입은 둘의 동거가 시작되었다.

3장

최면

　인도양 외딴섬, 평소라면 적막하기만 할 이곳이 오늘따라 시끄럽다.

　여러 대의 배가 인근 바다에 떠 있고, 막 한 대의 헬기가 위험스럽게 작은 공터에 내려앉는다.

　헐렁한 흰색 면 티에 선글라스 낀 30대 초반의 남성이 헬기에서 내리자 대기하고 있던 중국인 사내가 조심스레 인사를 한다.

　"단장님, 먼 길 오시느라 고생하셨습니다."

　"지독히 덥군. 도대체 무슨 일이야?"

　걸음을 옮겨 나무 그늘로 들어간 남궁린은 선글라스를 벗으며 묻는다.

"10일 전 이곳에서 사고가 있었습니다. '경기'가 끝난 후 영상 송출 시스템이 파괴가 됐습니다."

"그런데?"

"3일 후, 원인 조사단이 파견되었는데 그들마저도 도착했다는 소식을 전하고 나서 1시간도 되지 않아 연락이 끊겼습니다."

"탈출인가?"

남궁린은 아미를 찌푸리며 중얼거린다.

그가 속한 조직은 지금 이곳과 같은 경기장을 세계 곳곳에서 운영 중이다.

이미 30년 전부터 운영해왔고 운영된 기간에 따라 S급, A급, B급, C급으로 나뉘었는데, 이 섬은 가장 초창기 때 생긴 경기장 중 하나로 S급이었다.

"S급 선수들의 탈출이라… 골치 아프군. 탈출자는 몇 명이나 되지?"

"정확한 것은 며칠 더 살펴봐야 알 수 있겠지만 최대 6명은 탈출한 것으로 보입니다."

"근거는?"

"경기 직후, 이 섬에 남아 있던 선수들은 총 30명. 일주일 전 섬에 도착한 조사단원의 시체를 제외하고 발견된 선수들의 사체는 24구입니다."

"6명은 누구지?"

"워낙 훼손된 사체가 많아 정확하진 않지만… 3명은 확실합니다."

남궁린은 날씨도 더운데 조사단 단장으로 나온 사내, 조단성이 망설이는 모습이 마음에 들지 않았다.

하지만 소속된 집단이 달라 함부로 할 상대는 아니었기에 살짝 인상을 쓴 채 말을 기다린다.

"선수 명(名) 클로버(Clover), 디오네이아(Dionaea), 위즈(Whiz)입니다."

"…맙소사! 그 괴물들이 아직까지 살아 있었단 말이야?"

남궁린은 조단성이 말하는 이름을 듣는 순간, 등 뒤가 서늘해짐을 느껴야 했다.

그가 이끄는 청룡단은 회(會)의 사업을 총괄하는 단체였다. 경기장도 청룡단에서 관리는 하지만 그 외에도 수많은 수익 사업을 하는 그는 세세한 것까지는 알지 못했다.

하지만 선수들 중 유명한 살인마들의 이름은 기억하고 있었다.

클로버는 경기장이 생겨났을 때부터 있던 인물로 20년 간 최악의 살인마로 이름을 올리고 있는 인물이었다.

디오네이아는 말 그대로 파리지옥이라 불리는 여자로 15세 때 섬으로 들어와 경기 후, 이긴 선수들을 위해 몸을 바치는 화류 생활을 하다 25세부터 선수들의 천적이 되어버린 여성.

가장 최근에 나타난 위즈는 전문가라는 이름답게 단 한 번도 자신이 노린 상대를 놓친 적이 없었다.

경기를 관람하는 관람객들조차 그의 움직임을 제대로 파악할 수 없다고 해서 '고스트 위즈'라 불렸다.

"적이 없었으니까요."

"음……."

남궁린은 손으로 머리를 감싼 채 고민에 빠졌다. 하지만 쉽사리 결론을 낼 수 없었다.

그 셋을 잡는 거야 청룡단이 아닌 현무단이 할 일이지만 잡는 것이 불가능에 가깝다는 것을 잘 알고 있었다.

"나머지 탈출자들은?"

"조사 중인데 그냥저냥한 인물들입니다."

"그래도 정확하게 파악해. 나중에라도 상부에 보고를 해야 하니까."

"알겠습니다. 그리고… 어떻게 할까요?"

"뭘?"

"탈주자들에 대한 추적 말입니다. 우리에게 예비선수들을 넘기는 조직들이 알게 되면 뭐라고 할 텐데요."

"만약, 이미 도망간 클로버를 추적 팀이 찾았다고 해. 그렇다면 그를 죽일 수 있을까?"

"……."

조단성은 말을 아꼈다.

조직의 무력단체인 현무단에 속한 그였지만 솔직히 그를 찾는다는 건 불가능에 가까웠다. 그리고 설령 찾았다 하더라도 개활지가 아닌 도시에서 그를 상대하려면 엄청난 피해를 감수해야 할 것이다.

"그냥 지켜보는 걸로 하지. 굳이 우리가 찾지 않아도 다른 조직들이 당하면 우리에게 알려줄 테니."

"알겠습니다."

조단성은 현실적인 청룡단주의 생각에 고개를 끄덕였다.

찾으러 갈 필요 없이 그들이 찾아오길 기다리는 편이 낫다고 그도 생각했기 때문이다.

"그나저나 그들이 어디로 갔을지 모르지만 그곳은 곧 지옥이 되겠군."

"그렇겠죠."

남궁린과 조단성은 탈주자들이 건너갔을 망망대해를 말없이 바라보다 곧 각자 할 일을 시작했다.

*　　　*　　　*

우니를 맞이하기 위해 준비를 해야 했다.

그녀 살던 옥탑방에서 짐을 가져와야 했고, 가구를 바꾸고, 학교를 다녀야 하는 그녀를 위해 경호원을 고용해야 했다.

"한 학기 남았는데 학교를 옮기기는 불편할 것 같아 경호원과 차를 준비했으니까 등, 하교 때 이용해."

"버스 타도 괜찮아요."

"내가 안 괜찮아. 나랑 살려면 내 말을 들어줬으면 좋겠다. 그리고 이건 체크카드와 일주일 용돈이 든 지갑이니 챙겨."

"……."

"경호원 분들에게 말해놨으니 오늘 수업 끝나면 교복 두 벌 더 맞춰. 필요한 건 마트에 들러서 사오고. 그리고……."

학교 가는 우니에게 쉴 새 없이 말을 늘여 놓았다.

이왕 같이 살기로 했으니 내가 해야 할 바를 다해야 했다. 하지만 필요 없다고만 하는 그녀의 말에 강제적으로 해줄 수밖에 없었다.

그리고 단 한 가지, 내 마음대로 할 수 없는 말을 꺼낸다.

"널 내 동생으로 입양하려 해. 한데 성(性)이 다르면 나중에라도 곤란할 것 같은데……."

"싫어요."

웬일로 단호하게 거절하는 우니.

어쩌면 당연한 일이었다.

'고'라는 성씨는 그녀에게 하나의 기억일 수도 있었고, 자신의 정체성을 확립하는 그 무엇일 수도 있었다.

"강요하진 않을게. 그래도 한 번 생각해 봐."

"…박씨는 싫어요."

응? 박씨라서 성을 바꾸는 게 싫다고?

박우니. 나쁘지 않은데?

박우니, 박우니, 바구니……!

바구니라니, 놀림 받기 딱 좋은 이름이다.

"내가 생각이 짧았네. 그냥 올리는 걸로 하자. 남들이 뭐라 하면 사촌이라고 하면 되겠지."

"…네."

"잘 갔다 와."

"…다녀올게요."

성에 관한 것도 잘 해결되었는데 잔뜩 불편한 얼굴을 하고 있는 우니였다.

하지만 신경 쓰지 않았다. 정 불편하면 나가 산다고 할 테고, 그건 내가 원하는 바니까.

"힘드네."

우니가 학교로 가고 난 뒤, 소파에 털썩 주저앉았다.

눈을 감자 정신없이 보낸 며칠이 주마등처럼 지나간다. 받기만 하던 내가 누군가를 챙기는 건 쉬운 일이 아니었다.

"차차 괜찮아지겠지."

나도, 우니도 시간이 해결해 줄 것이다.

그나저나 아침을 챙겨 주려다 어지럽혀 놓은 부엌을 보자니 다시 피곤이 몰려온다.

아무래도 가정부 아주머니와 계약을 다시 해야겠다.

─딩동! 딩동!

누구지?

……!

인터폰을 본 순간, 가라앉아 있던 살기와 분노가 미친 듯이 날뛴다.

가장 유력한 용의자인 두 누나다.

"후우우우우웁!"

길게 숨 쉬며 날뛰는 살기와 분노를 다시 가라앉혔다. 비록 누나들이 지옥과 같은 생활을 이기게 해준 분노의 대상이긴 하지만 아직은 용의자일 뿐이다.

아무리 복수에 눈이 뒤집히진 나지만 확신을 얻기 전에 이들에게 해를 끼칠 정도로 미친 것은 아니다.

"넌 도대체 어떻게 된 애가… 돌아왔으면 왔다고 우리에게 말이라도 해야 하는 거 아니니?"

"언니와 내가 몇 번이나 널 만나러 왔는지 알아? 올 때마다 없고, 송 변호사에게 물어도 모르겠다는 말뿐이고. 오늘은 용케 집에 있네."

'살아 있어 다행이다'라며 뜨겁게 포옹하며 눈물을 흘릴 만큼 저들과 나의 관계가 친했던 사이는 아니었다.

그래서 오히려 누나들의 행동이 고맙기까지 하다.

"왔어요?"

"왔어요? 그런 말이 나오니? 도대체 그동안 어디 있었던 거야? 아빠가 얼마나 널 찾았는지 알아?"

"정말 납치가 맞긴 맞는 거니?"

"네. 겨우 살아왔어요."

"…정말 납치였어?"

"…살아와서 다행이네."

끝없이 쏟아지던 잔소리는 납치 얘기가 나오자 자자든다.

"음료수 줄까요?"

"됐어. 앉아."

두 사람은 예전처럼 소파에 앉아 오만하게 날 바라보며 명령한다.

'이 둘은 범인이 아니다?'

들어오면서부터 둘에게 시선을 떼지 않고 일거수일투족을 살폈다. 납치에 대해 얘기할 땐 숨소리까지 집중해서 들었다.

하지만 뭔가를 감추려 하거나 당황하는 기색을 찾을 수 없다.

송 변호사와 두 누나가 용의자에서 제외된다면 두 매형 중 범인이 있다는 소린데, 누나들에게 말하지 않고 독자적으로 벌인 일이란 말인가?

갑자기 가장 유력한 용의자 두 명이 용의선상에서 사라지자 머리가 혼란스러워졌다.

"아빠한테 갔다 왔다며?"

"응."

"도대체 아빠는 무슨 생각으로 엄마 곁도 아닌……."

"서연아!"

첫째 누나인 박소연이 둘째 누나인 박서연의 말을 끊었다.

서연 누나가 무엇을 말하고자 하는지 알아들었지만 무시했다. 지금은 머릿속의 혼란스러움을 없애는 게 중요했다.

—톡! 톡! 톡톡! 톡! 톡! 톡톡!

손톱으로 테이블 일정한 리듬으로 두드렸다.

"정신 사납게 뭐하니?"

인상을 쓰며 말하는 소연 누나.

그 말을 무시하고 계속 두드렸다. 그리고 누나들은 눈빛이 일순 몽롱해진다.

"괜찮아요."

"괜찮아요……."

"편안할 거예요."

"편안할 거예요……."

누나들은 내 말을 따라한다.

섬에서 나의 힘은 무력했다. 아니, 작은 벌레보다도 약했다.

일정 기간 보호를 받다가 드디어 첫 결전, 날 살려준 것은 고 선생님에서 배운 최면술이었다.

시계를 흔들고, 레드 썬을 외치는 최면술이 아닌 더 강력하고 더 빠른 전투에 최적화된 최면술.

스스로에게 '살인은 죄가 아니다' 라고 머리를 속일 수도, 팔은 바위도 들 수 있을 만큼 강하게 만들 수도, 다리는 표범처럼 은밀하고 빠르다 만들 수 있는 그런 최면술을 말이다.

최면에는 제약도 많았다.

최면은 '건강하고 정신이 곧은 사람에겐 최면이 통하지 않는다.' 를 전제로 시작된다.

그렇다고 정말 최면을 못 거는 건 아니다.

정신력을 약하게 만들거나, 피최면자가 나에 대한 믿음이 강할 때는 충분히 가능했다.

그리고 최면을 거는 방법은 소리를 통한 최면, 손의 움직임을 통한 최면, 눈빛으로 거는 최면 등이 있다.

그중 가장 쉬운 것이 소리와 손의 움직임을 통한 최면이었다.

이때에도 한 가지 규칙이 있는데 나에게 집중을 하고 있어야 한다는 것이다.

나에게 집중해 있는 두 사람은 쉽게 최면에 빠진다.

"편하게 소파에 기대요. 매형들도 조카들이 없으니 간만에 참 편하죠?"

"응. 편해."

"응. 너무 좋다."

"오늘 날 만나러 왔는데 무슨 일인가요? 큰 누나가 말해줘요."

최면은 쉽사리 깨질 수 있다.

그래서 대상자의 치부가 될 수 있는 기억이나 의식 깊숙이 가둬놓은 비밀을 건드릴 때 조심해야 한다.

처음엔 가벼운 질문들을 하되 부드럽고 편안한 목소리로 물어야 했다.

그래야 최면에 더 단단히 옭아매어진다.

"상속에 대해 할 말이 있어서."

"누나들의 불만이 이해가 돼요. 그러니 편히 말해요."

"다른 건 상관없어. 한데 대양건설의 지분은 너무해. 나와 네 매형의 주식을 합치면 고작 9%로야. 서연이네는 6%고. 자회사인 대양유통과 대양엔지니어링에 각각 5%의 주식이 있다고 해도 회사를 경영하는데 있어선 불안해. 그래서……."

누나들이 온 이유는 내 주식이 탐나서였다.

막말로 나중에 돈은 적당히 챙겨줄 테니 내놓으라는 말이다.

아빠와 엄마가 내게 남긴 주식이면 주주총회를 통해 경영권을 뺏길 수 있다는 불안감이 없을 순 없겠지.

"그랬군요. 한데 그건 기우에 불과해요. 난 회사에 관심이 없어요. 그리고 주식을 팔게 되면 누나들에게 우선권이 있잖아요. 그게 아니라도 '절대' 위협이 되는 일은 없을 거예요. 이 일은 매형들과 얘기를 할게요."

"그래."

"다른 할 말도 있음 편히 해요."

"없어."

"그렇다면 이제 한 가지 물어볼게요. 제가 납치됐다는 건 잘 알죠?"

"경찰이 납치되어 살해당했을 가능성이 높다고 했어. 그 때문에 얼마나 귀찮았는지 넌 모를 거야. 나와 네 매형도 경찰서에 몇 번이고 가야 했어."

"그랬다면 미안해요. 그럼 혹시 납치를 사주한 사람이 누군지 알아요?"

"몰라! 아빠가 우릴 의심스럽게 바라볼 때 배신감을 느낄 정도였어. 아무리 내가 널 미워했어도 죽음을 바랄 정도는 아냐."

"혹시 매형에게 이상한 점 없었어요?"

"없었어!"

눈을 감고 소파에 누워 있던 소연 누나는 잔뜩 인상을 쓰며 온몸을 부들거린다.

"미안, 미안해요! 진정하세요. 그런 의도로 물은 건 절대 아니에요."

큰 누나를 진정시키고 작은 누나에게도 범인이 누군지 물었지만 소연 누나와 비슷한 반응을 보였을 뿐이다.

돌려서 몇 가지를 더 물었지만 아무것도 얻지 못했다.

둘은 완전히 용의선상에서 제외되었다. 그리고 매형들도

범인이 아닐 가능성이 높아졌다.

'도대체 누구지?'

환장하겠다.

다섯이 범인이 아니라면 도대체 사주를 한 이는 누구란 말인가?

그냥 재수 없게 납치된 것은 절대 아니었다. 섬에 온 사람들은 모두 자신이 사주를 받아 납치된 것이라 확신했었다.

하지만 지금은 그마저도 믿을 수 없었다.

"깨어나면 용건은 다 말했으니 집으로 가요. 그리고 매형들에게 시간 될 때 같이 오라고 전해주세요. 그럼 셋 하면 깨어납니다. 하나, 둘, 셋!"

두 누나는 눈을 뜨고 잠깐 어리둥절한 표정을 짓는다.

"멀리 안 나가요."

"…으응. 이만 갈게."

"…간다."

둘이 떠나고도 한참을 고민하던 난 결국 자리에서 일어났다.

"고민하지 말자."

머리가 복잡할 땐 몸을 움직이는 게 최선이었다.

4년간 한 번도 거른 적이 없었던 운동을 한국에 와서는 벌써 10일째 못하고 있었다.

스트레칭을 시작으로 서서히 몸을 덥히기 시작했다.

*　　　*　　　*

　버릇이라고 해야 할지, 조건반사라고 해야 할지 모르지만
밤이 되면 신경이 극도로 곤두선다.

　섬에서 정해진 싸움은 일주일에 두 번.

　정해진 시간에 이루어졌지만 살인광은 밤낮을 가리지 않
고 약자를 찾아다녔다.

　반백의 머리에 전장답지 않게 말쑥한 차림, 그리고 누구라도
한 번 보면 호감을 가질 만한 온화한 얼굴의 괴물이 있었다.

　'클로버.'

　그에게 당했던 심장이 욱신거린다.

　섬에 도착하고 3개월이 지나 처음으로 전투에 참여하게 되
었다.

　고 선생님에게 배운 최면술과 다른 팀원에게 배운 살인 기
술로 겨우 이길 수 있었다. 첫 살인은 최면으로 인한 암시로
죄책감을 느끼지 못하게 했다.

　다만 전투가 끝난 후 아주 짧은 시간 휴식이 문제가 되었다.

　지금 생각해도 정말 순간이었다.

　'애송이, 이건 긴장을 푼 대가라 생각하라고. 경고는 한 번뿐
이야.'

귀에서 들리는 섬뜩한 목소리에 몸이 반응하려 했지만 그가 먼저였다.

가슴에서 시작된 고통이 전신으로 퍼졌고 벌어진 입에서는 비명조차 나오지 않았다.

정신을 잃기 전 환하게 웃는 클로버의 모습에서 공포를 느끼지 못하게 건 최면이 깨어졌고, 트라우마가 생길 만큼 강한 공포를 가지게 되었다.

그 트라우마는 밤이고 낮이고 깊이 잠들지 못하게 만들었는데, 한국에 왔음에도 여전하다.

빛 한 점 들어오지 않은 옷장에 앉아 눈을 감고 있음에도 집 전체의 공기 흐름이 느껴진다.

자고는 있지만 자는 것이 아닌 상태.

이러니 살이 찔 수가 없다.

우니를 찾아 병원에 갔을 때도 사실 그녀를 만나야 한다는 의지가 없었다면 로비를 통과해 엘리베이터를 탈 엄두도 나지 않았을 것이다.

반걸음만 걸어도 3~4명과 스쳐 지나가야 했는데, 그 많은 사람들이 움직이며 쏟아내는 정보에 미치지 않은 것이 다행이었다.

'공황장애와 비슷한가?'

현실과 꿈의 경계에서 주변을 살피고 생각도 하며 밤은 깊어간다.

'우니가 깼군.'

꽤 오랫동안 침대에서 뒤척이다가 조금 전에 잠든 것 같았는데 선잠이었나 보다.

침대에서 일어난 우니는 조심스레 방문을 열고 나와 부엌으로 간다. 그리고 물을 마시고 다시 2층으로 올라온다.

한데, 우니는 자신의 방으로 가지 않고 맞은 편 내방으로 도둑고양이처럼 다가온다.

그리고 한참을 방문 앞에 서 있다.

무서운 꿈이라도 꿔서 재워달라는 건가?

아니, 그러기엔 정말 우리는 아무런 사이도 아니다. 가족도, 친척도, 친한 이웃도.

시간이 흐른다면 조금 달라질지 모른다.

하지만 지금은 외간 남녀 그 이상도 이하도 아니었다.

돌아가는 건가?

뒤돌아 가는 우니의 발걸음이 무겁다. 마치 한 발작 한 발작이 나에게도 억겁의 시간처럼 느껴진다.

'후~ 어지간히 손가는 애군.'

현실로 넘어와 옷장에서 나왔다. 그리고 방문을 열었다.

"어? 안 자고 있었니?"

참 어색하기 그지없는 연기다.

딱딱한 로봇이 연기를 해도 이보다 나을 성싶다.

"…잠깐 물 마시러 갔다가 방을 착각했어요."

얘도 연기력이 꽝인 건 마찬가지다.

"집이 낯설어서 잠이 안 오지? 따뜻한 우유라도 한잔하자."

우니의 대답을 기다리지 않고 1층으로 내려와 부엌으로 가 우유를 데웠다.

"자."

"…고마워요."

"설탕 좀 탔어. 내 취향이긴 한데 싫으면 다시 해줄게."

"괜찮아요."

소파의 한 귀퉁이에 웅크리고 앉아 머그잔을 꼭 쥔 우니는 아무 말 없이 우유를 홀짝인다.

피곤해 보이는 얼굴과 왠지 슬퍼 보이는 눈이 왠지 고 선생님을 연상시킨다.

우유를 다 마시고 일어설까 하다가 그 모습에 차마 일어서지 못했다.

그래서 가볍게 머그잔을 튕겼다.

팅! 팅! 티리링! 팅! 팅! 티링!

우니의 정신력은 그야말로 종이 짝처럼 얇았다. 그녀는 금세 최면에 빠진다.

그녀가 쥐고 있던 머그잔을 테이블에 내려놓고 편하게 소파에 눕혔다.

"자는 게 힘들어?"

"네."

"언제부터 그랬는지 그때로 가볼까?"

"일어났는데 아빠가 돌아오지 않았어요. 엄마는 출장을 갔다고 말했지만…… 난 알아요. 아빠가 돌아오지 못할 곳으로 갔다는 걸. 흑! 아… 빠……! 흑흑!"

흐느끼는 우니를 잠시 그대로 둔다.

최면이 정신적인 상처에 치료 효과가 있다는 사실은 알았지만 누군가를 치료하기 위해서는 처음이었다.

그래서 어떻게 해야 할지는 몰랐다.

다만 감정은 가두어 두는 것보단 표출하는 것이 좋다는 건 고 선생님께 들어 알고 있었다.

그는 가끔 내가 우니에게 하는 것처럼 나에게 최면을 걸어 줬었다.

흐느낌이 자자들며 우니의 말은 계속되었다.

"…얼마 뒤, 이번엔 엄마가 사라졌어요. 할머니에게 가라는 편지 한 통만 남겨두고요. 정말 잠깐이었어요. 잠을 거의 못자서 아주 잠깐 졸았을 뿐인데……. 시장 나간 할머니는 돌아가셨어요. 흑! 제가 자면 누군가 날 떠나요. 두려워요. 이제 떠날 사람이 없는데, 아무도 없다는 걸 아는데……. 흑흑! 으으으흑! 흑흑!"

"괜찮아, 괜찮아. 이미 지난 일인걸."

난 얼굴 전체가 눈물과 콧물로 뒤범벅이 된 우니를 진정시키기 위해 최선을 다했다.

"너 때문이 아냐. 네 잘못도 아니고, 다만… 운이 없었을 뿐이야."

"엉엉! 흑흑! 어어엉!"

속사포 래퍼가 되어 위로가 될 말을 마구 쏟아냈다.

하지만 소용이 없다.

최면이 풀리기 직전이다.

이래선 잠을 편하게 재우려던 계획은 고사하고 얼굴 맞댈 일이 큰일이다.

우니의 손을 잡았다. 그리고 속삭였다.

"옆에 있을게. 눈을 떴을 때 항상 옆에 있을 테니 울지 마, 우니야."

"흑… 흐윽…….."

다행히 마지막이라는 심정으로 뱉은 말이 효과가 있었다.

"이제 아무 걱정 말고 푹 자. 그리고 내가 깨우면 마음이 한결 편해질 거야."

새근새근.

마침내 우니는 편안한 얼굴로 잠들었다.

엉망이 된 얼굴을 수건으로 닦아주고 얇은 이불을 덮어주었다.

힘들다는 생각이 불쑥 솟았지만 고 선생님이 나에게 해준 것에 비하면 새발의 피였기에 참아야 했다.

"이것도 내리사랑인가? 훗!"

눈을 감았다.

내일을 위해 선잠이지만 자야 했다.

며칠 지켜본 우니는 한결 좋아졌다.

무엇보다도 잠을 잘 자게 되어 다크 써클이 없어졌다는 게 가장 주목할 만한 일이었다.

그녀가 학교를 간 후, 삼촌이 왔다.

최면을 걸어 본 결과, 삼촌도 범인은 아니었다.

"할 얘기가 있어 왔다."

묻지 않았음에도 내 마음을 읽었는지 목적이 있음을 말한다. 거의 매일 찾아오는 그의 마음은 고마웠지만 내심 조금 귀찮았다.

"무슨 일인데요?"

"우니 일이다."

우니와 같이 지내기로 했지만 그와 관련된 법적 문제는 삼촌이 모두 해결해 주었다. 그리고 우니의 후견인 역할 또한 삼촌이 다 하고 있었다.

"우니를 언제까지 돌볼 생각이냐?"

"글쎄요? 기간을 생각해 본 적은 없어요. 성년이 되면 그때 물어볼 생각이거든요. 많이 불편하세요?"

"불편한 건 없다. 다만 너의 의도를 정확하게 알아야 했기에 묻는 말이었다. 어제 우니 학교에 갔다 왔다."

"무슨 일로요?"

"우니가 3학년이잖아. 그래서 진학 문제에 대해 알아볼 겸 갔었다."

이런, 생각조차 못했다.

우니를 돌본다고 했지만 막상 모든 일은 삼촌에게 맡기고 생활만 같이하는 수준이었다.

"죄송해요. 제가 신경을 썼어야 했는데……. 그래서요?"

"자라난 환경에 비해 성적이 좋더구나. 우니가 희망하는 대학에 갈 수 있을 만큼."

"그게 문젠가요?"

"의대를 가고 싶어 해. 의대 6년에 인턴, 레지던트 과정까지 거치면 10년이다."

"10년이라……."

참 긴 시간이다.

내일을 알 수 없는 내 입장에서는 더욱더 길게 느껴진다.

하지만 점차 좋아지는 우니의 모습을 보면 곧 나가 살겠다고 할 가능성이 높았다.

"원하는 대로 하게 해주죠. 제가 없으면 삼촌이 신경 써 주시고요."

"알았다. 다만 뒤에 부탁은 못들은 걸로 하마."

"삼촌?"

"우니가 신경 쓰인다면 네가 신경 써!"

삼촌은 굳은 표정으로 목소리를 높였다.

지금까지 단 한 번도 본적이 없는 태도에 꽤 당황스럽다.

"네가 살아 돌아와 정말 기뻤다. 하지만 요즘 네 태도를 보면 세상 다 산 노인네처럼 보여 마음이 아프다. 그곳에서 어떤 일을 겪었는지 난 모른다. 하지만 지금 네가 무슨 생각으로 사는지는 짐작이 된다. 네가 돌아오길 죽는 순간까지 바랐던 사장님과 행복하게 자라 가정을 꾸리길 바랐던 네 엄마를 조금이라도 생각한다면 정신을 차려라, 무찬아."

잔소리꾼은 자신이 할 말만 하곤 가버렸다.

아빠, 엄마를 들먹여 죽어버린 내 심장을 자극한 채로…….

자극은 아주 약간 심장을 움직이게 만들었다.

4장
아르바이트

지옥의 섬은 어떤 이들을 위한 유희의 공간이었다.

일주일에 두 번 전투가 있을 땐 곳곳에 숨겨진 수많은 카메라가 움직였고, 우리의 일거수일투족을 촬영했다.

세 개로 나눠진 진지는 전투 시작을 알리는 신호음에 움직였고, 최소 세 사람이 죽었을 때 전투가 끝이 났다.

그리고 매주 죽은 자들을 대신할 10여 명의 사람들이 섬으로 들어왔다.

그 섬이 파괴되었고 난 탈출을 했다.

과연 그들은 탈출한 날 그대로 둘까?

아닐 것이다. 날 쫓을 것이고 내 목숨을 노릴 것이라 생각한다.

그래서 평범한 생활을 할 수 없었다.

잃을 것이 없는 난 그들의 추적이 두렵지 않았다.

오히려 찾아오길 간절히 바라고 있었다. 그래야 지난 4년간의 복수를 할 수 있으니 말이다.

하지만 이젠 잔소리꾼의 잔소리에서 벗어나기 위해서라도 일상으로 돌아가야 했다.

그래서 아르바이트를 하기로 했다.

"이미 구했어요. 미안해요."

"남자는 구하지 않아요. 미안해요."

"저희 매장과 어울리지 않아서……."

"…….

하지만 쉽지 않았다.

집 근처야 한다는 점과 사람들이 너무 많은 곳을 제외하다 보니 자연 아르바이트 자리가 많지 않았다.

또한, 나에게서 풍기는 음침한 분위기도 한몫을 했다.

"쉬운 일이 없군. 쩝!"

한 여름에 가까운 날씨와 아스팔트의 열기까지 더해져, 섬의 기온과 비슷해 불쾌한 느낌이 들었다.

그래서 들고 있던 프린터 용지를 찢어 쓰레기통에 넣어버렸다.

"삼촌 말처럼 가게를 해볼까?"

하지만 곧 고개를 흔들었다.

가게를 내기엔 귀찮은 일이 너무 많았다.

내일은 좀 더 먼 곳을 검색해서 와야겠다고 생각하며 걸음을 집으로 옮겼다.

"어?"

상가지역에서 조금 벗어난 곳에 서 있는 야외형 스탠드 메뉴판 한쪽에 '홀 서빙 아르바이트생(남) 구함' 이라는 글이 눈에 띈다.

큰 주택을 개조해 만든 레스토랑인지 입구부터 다른 곳과 달랐다.

철문은 화려한 중세 저택의 그것을 축소시킨 듯 보였고, 이름 모를 꽃과 나무들이 올라가는 계단 주위에 가득했다.

물어봤다가 거절당하면 밥이라도 먹어야겠다는 심정으로 안으로 들어갔다.

"어서 오세요."

기생오라비처럼 생겼다는 말을 이해하게 만드는 미모의 남자 종업원이 만면에 웃음을 지으며 내 앞으로 다가선다.

"아르바이트를 구한다고 해서 왔어요."

과도한 친절은 거부한다는 뜻에서 재빨리 용건을 말했다.

"그렇군요. 저쪽 의자에 앉아 계세요. 사장님께 말을 전해드리죠."

친절이 몸에 밴 듯 내가 기다릴 자리까지 마련해준 그는 사

아르바이트 93

장을 찾으러 갔다.

레스토랑 실내는 밖에서 보는 것보다 훨씬 넓었다. 하지만 넓이에 비해 테이블 수는 훨씬 적었는데 자리마다 편안함을 강조한 듯 푹신해 보이는 의자와 고급스러운 원목 테이블이 놓여 있었다.

예전에 가족과 자주 가던 호텔 레스토랑과 비교해도 손색이 없는 곳이었다.

이리저리 훑어보면 기다리는 시간을 때우고 있는데 키는 작지만 우아함과 당당함을 지닌 중년의 여인이 다가온다.

"아르바이트를 구한다고요?"

"네."

여인은 입에 미소를 짓고 있었지만 날카롭게 날 훑는다.

"머리를 이마가 보이게 올려보겠어요?"

습지가 많은 섬에는 작은 모기가 많았다.

그 모기는 피부는 물론이거니와 두피까지 물었는데 한번 물리면 피부에 피가 날 때까지 긁어도 시원하지 않았다.

그래서 그것들의 접근을 차단할 목적으로 머리카락은 눈과 귀를 덮을 정도로 덥수룩하게 길렀다.

또한 왼쪽 이마에서 눈까지 흉터를 가리는 목적도 있었다.

잠깐 망설이다 그녀의 말처럼 이마를 깠다.

"괜찮네……."

다 들리게 혼잣말을 중얼거리는 사장은 빙빙 돌며 박스 티와 헐렁한 바지를 입은 내 몸을 스캔한다.

"이력서는 가져왔어요?"

"여기요."

몇 번이고 꺼냈다 넣었다를 반복해 구겨진 이력서를 건넸다.

"근처에 사네요?"

"네."

"고등학교는 졸업했고, 대학은⋯ 성적 때문에? 아니면 군대?"

"일이 있어서요."

이력서에 굳이 고등학교 중퇴라고 적을 필요는 없었다. 아르바이트에 증명서를 요구하진 않을 테니 말이다.

"전 박무찬 군이 마음에 들어요. 단, 지금 머리는 곤란해요. 단정하게 잘랐으면 좋겠군요. 그래도 괜찮다면 같이 일하도록 하죠."

"그렇게 하겠습니다."

"좋아요. 일은 내일부터 하기로 하고, 시간은 오전 9시부터 7시까지. 중식은 제공되고 시급은 6000원이에요. 그리고 팁은⋯ 그건 내일 인수인계 받으면서 들으면 될 거예요."

설명을 대충 듣고 내일 보기로 하고 레스토랑을 나왔다.

그리고 단정한 머리를 만들기 위해 근처에 있는 미용실로 향했다.

레스토랑 'Jardin'에서의 일은 꽤 만족스러웠다.

손님이 북적거리지 않았고—저녁시간 때는 잘 모르지만—자투리 시간 틈틈이 아름답게 꾸며진 정원을 거닐어도 뭐라고 하는 사람도 없었다.

"주문하신 커피 나왔습니다."

얘기를 나누는 두 사람을 방해하지 않는 수준에서 커피를 테이블에 놓고 물러났다.

"에구! 좀 웃어라, 웃어."

레스토랑 내부와 입구를 한눈에 볼 수 있는 카운트로 돌아오자, 내 선임이자 내일이면 이곳을 떠나는 준걸 형은 못마땅한 표정으로 잔소리를 한다.

"최선을 다하고 있어요."

"그게 최선이냐? 내가 누차 얘기했지. 알바비는 신경 쓰지 말고 팁(봉사료)을 노리라고. 그러기 위해선 스~마일이 최고야."

차준걸은 레스토랑에 왔을 때 처음 본 기생오라비처럼 생긴 남자였다.

올해 스물셋으로 이곳에서 일하다 연예 기획사의 눈에 들어 스카우트되었다.

곧 배우가 될 것이라며 들떠있는 그가 일주일 간 내게 하나부터 열까지 가르치고 있었다.

성격도 모난 곳이 없어 이 레스토랑 역사상 최고의 웨이터라고 바리스타 누나가 자주 말했다.

최고의 웨이터는 다름 아닌 손님들이 주는 팁을 가장 많이 받는 이였다.

그런 면에선 난 최악의 웨이터가 될 가능성이 높았다.

문제는 그 팁이 나만 가지는 게 아니라 주방에서 일하는 주방장과 주방 보조원, 바리스타 누나, 그리고 나까지 네 명이 똑같이 나눠야 한다는 것이다.

지금이야 준걸 형이 곁에 있으니 문제가 없지만 아마 나만 남게 된다면 세 사람이 날 죽이려 들지 몰랐다.

"처음부터 잘하는 사람은 없어. 준걸이는 특이 케이스니까 너무 신경 쓰지 마."

바리스타인 인영 누나가 위로를 하지만 전혀 위로가 되지 않는다.

손님을 받거나 접대하는 건 어려울 게 없었다.

레스토랑 전체가 감각의 영역 내에 있으니 누군가 포크라도 떨어뜨리면 테이블에 있는 버튼을 누르기 전에 갖다 줄 수도 있었다.

하지만 웃음은 나에겐 잊혀진 것이었다.

"점심시간도 끝났으니 무찬이 데리고 잠깐 얘기 좀 할게요."

"응. 손님 오면 내가 잠시 볼게. 커피 줄까?"

"좋죠."

인영 누나가 주는 커피를 받아 들고 준걸 형과 정원에 마련된 테이블로 갔다.

"찬아."

"네, 형."

"일주일 동안 내 잔소리 듣느라 지겨웠지?"

"아녜요."

"자식. 다른 건 다 좋은데, 무표정한 표정만 고치면 좋으련만……. 어쨌든 혹시 힘든 일 있으면 연락해라. 짧은 인연이지만 난 네가 마음에 든다."

"그럴게요."

"근데, 진짜 진지하게 하나만 묻자."

항상 입에 걸린 미소를 지운 채 묻는 준걸 형에게 고개를 끄덕였다.

"넌 이곳에 대해 알고 들어왔냐?"

"무슨 말이에요?"

"역시 모르는구나. 그럼, 혹시 연예계에 관심은 있냐?"

"아뇨. 그냥 사회 경험 쌓으려고 왔어요."

"음……."

잠깐 고민하던 그는 커피를 한 모금 마신 후 말을 이었다.

"사실 이곳 Jardin은 연예계 데뷔를 하고자하는 남자들이 꽤 많이 찾는 곳이야. 네가 오기 전에 아르바이트 구한다고 온 애들이 10명도 넘었다. 사장이 다 퇴짜를 놨지만."

짐작은 했다. 일주일간 연예 기획사 관계자들도 꽤 많이 왔었다.

아무래도 노출 빈도가 높을수록 가능성은 높아지게 마련이니까.

"그리고 이면에는……."

이후의 말은 거의 귓속말로 이어졌다.

준걸 형의 말에 '이 일을 그만둘까?'라는 생각이 잠깐 들었다. 별로 마음에 들지 않아서였다.

한데 달리 생각해 보니 그보다 더한 일도 겪은 나에겐 소소한 자극이 되는 정도의 일이었다.

"혹, 가게를 그만둘 생각이면 내가 한 말은 완전히 잊어라."

"할 일도 없는데 계속 해야죠."

"엉큼한 놈! 근데, 넌 놀라지도 않냐? 난 아무것도 모르는 상태에서 겪은 일이라 한동안 꽤 많이 고민했는데……."

"저한테도 그런 일이 일어나리라는 보장은 없죠. 형하곤 페이스가 다르잖아요."

"혹시 아냐? 특이한 걸 좋아하는 사람도 있을지."

씨익!

준걸 형의 농담에 살짝 웃음이 피어올랐다.

"어? 너 방금 웃은 거냐? 무섭다, 무서워! 무슨 미소가 그렇

게 잔인해 보이냐!'

"……."

사회 적응은 쉽지 않았다.

*   *   *

Jardin에서 일을 마치고 집으로 돌아가면 반갑게(?) 날 맞이하는 이가 있다.

"…어서 와요."

열심히 일하고 돌아온 아빠라면 당장 바닥에 눕고 싶은 기분이 들게 하는 기운 없는 인사였다.

하지만 인사를 하는 이가 우니였기에 이해를 했다.

"더운데 에어컨이라도 켜지."

"괜찮아요."

우니는 거실 테이블에 놓인 책들을 치웠다. 학교를 파하면 그녀는 주로 거실에서 생활했다.

"밥 먹자."

"네."

가정부가 차려놓은 저녁을 간단히 데우기만 하면 되었기에 우리는 금방 식사를 시작했다.

마치 오래된 부부처럼 오로지 밥에 집중하니 식사는 금방 끝났다.

"…잘 먹었어요."

"나도 잘 먹었어."

처음엔 우니가 식사가 끝날 때마다 '잘 먹었다' 말하는 게 못마땅했다.

식당에서 밥 먹고 난 뒤의 행동 같았는데 지내다 보니 혼자가 아님을 확인하는 의식이 아닐까라는 생각에 나도 따라했다.

반찬은 냉장고에, 빈 그릇은 싱크대에 넣고 냉장고에 든 보약 엑기스를 두 개 꺼냈다.

"마셔."

낯설음은 우니를 수동적으로 만들었다.

냉장고에 먹을거리를 채워놔도 변화는 거의 없었다. 몇 번이고 말했지만 그때만 마지못해 뭔가를 먹을 뿐이었다.

챙겨야 한다는 점이 귀찮긴 했지만 차츰 나아지겠지 생각했다.

그리고 아르바이트의 연장이라 생각하면 간단한 일이었다.

"운동 같이 갈래?"

"다음에요."

"갔다 올게."

매일 나갈 때마다 같이 운동가길 권했다.

그러나 우니의 대답은 한결같았다.

사채업자들에게 당한 상처 때문이 아닐까 하는 짐작은 되지만 마음 편하라고 그들이 어떻게 되었는지 말해줄 수 없었다.

집을 나와 20분 정도 천천히 걸으면 한강 공원이 나온다.

더운 날씨를 피해 가족 단위로 나온 피서객들로 북적이는 한강변은 꽤 볼만하다.

땀을 흘리면서 뛰어다니는 아이들, 돗자리를 깔고 시원한 맥주를 마시는 어른들, 깔깔거리며 배드민턴을 치는 사람들……

조심스레 그들을 피해 한강 가까이에 가면 산책로가 시원하게 뻗어 있다.

걷는 이들, 뛰는 이들, 자전거 타는 이들로 가득한 산책로를 천천히 걸어 간다.

아주 천천히.

남들이 볼 땐 조금 특이하게 걷는 사람으로 보일지 모른다.

하지만 정확하게 말한다면 '걷는 수련'이다.

섬은 크게 네 개의 세력이 있었다.

아메리카 대륙, 호주에서 납치된 이들이 섬의 북쪽을 차지했고, 유럽과 아프리카 대륙이 서쪽, 아시아와 중동이 동쪽, 마지막으로 아마조네스라 불리던 여자들의 세력이 남쪽에 위치했다.

전투할 때를 제외하곤 대부분의 사람들은 모두 수련을 했다.

그리고 자신이 가진 기술을 같은 세력의 사람들에게 공유했다.

그렇다고 숨겨진 한 수까지 가르쳐 주지는 않았다. 전투 때가 아니라도 언제나 누군가를 죽일 수 있는 공간이 지옥의 섬이었다.

유일하게 나에게 모든 걸 전수해 준 이는 고 선생님뿐이었다.

그의 말로는 내가 '모범생'이라 가르칠 맛이 나서 그런 것뿐이라고 했지만 섬의 사정상 애정이 없이는 불가능한 일이었다.

사실 고 선생님은 최면술을 안다는 것 빼고는 전혀 싸움을 하지 못했다.

그럼에도 7년이라는 기간을 버틸 수 있었던 건 그가 섬의 유일한 '의사'였기 때문이다.

상대를 죽였지만 자신 또한 죽을 정도의 상처를 입은 이들을 그가 치료했다.

섬 전체를 자유롭게 돌아다닐 수 있는 이도 고 선생님뿐이었다.

그에겐 비밀 한 가지가 있었다.

오직 나에게만 얘기한 비밀.

고 선생님은 한 번 본 것은 잊지 않는 기억력을 가지고 있었다.

최면술이 깊어지면서 생긴 능력이었지만 어느 누구에게도 말하지 않았다고 했다.

말하는 순간 어쩌면 그는 모든 세력의 적이 될 수 있었기 때문이다.

그는 환자를 치료할 때 주변에서 수련하는 이들의 기술을 통째로 기억했고 그 기술들을 나에게 알려 주었다.

이 걷는 수련도 마찬가지였다.

물론 섬 전체엔 언제, 누가 가르쳤는지 모를 이 수련이 널리 퍼져 있었다.

나 역시 우리 세력 중 몽골 인에게 처음 배웠는데 세월이 흐르며 잊혀진 것들이 많았는지 그리 큰 쓸모가 있는 기술은 아니었다.

하지만 고 선생님은 각 세력의 걷는 방법이 조금씩 다르다는 것을 가르쳐 주었다.

그리고 그것을 합치고, 최면술의 자기암시법을 이용해 결국 2년 만에 나만의 걷기가 완성되었다.

'걷기 수련' 의 놀라운 점은 바로 기(氣)가 쌓인다는 것이다.

불완전한 걷기도 쌓이지만 나름 완성한 걷기는 두 배 이상 효율이 좋았다.

기는 축복이었다.

얇은 나뭇가지가 칼과 같은 무기가 되었고, 작은 돌멩이가 머리를 꿰뚫는 총알이 되게 하였다. 또한 강해진 신체는 쉬지치지 않았고 10m를 눈 깜박 할 사이에 좁힐 수 있게 해주었다.

한데 문제가 있었다.

섬의 괴물들은 2년 수련 기간의 기(氣)로는 넘기 힘든 존재였다.

결국 난 죽음을 건 도박을 했고 20년 이상의 기를 소유하게 되었다.

"이런! 또 정신을 놓다니……."

죽음을 건 도박은 성공했지만 하나의 단점을 생겼다.

바로 기억의 소실이었다.

분명 한강공원 잠원 지구에서 걷기 시작했는데 정신을 차리니 잠실 지구를 벗어나 있었다.

시계를 보니 벌써 11시가 넘었다.

"이제 2시간이 넘게 기억을 못하는군."

처음엔 20분 정도더니 점점 소실의 정도가 더해간다. 최면을 걸어 알아봐도 기억 자체가 되지 않는다.

아무래도 '걷기 수련'은 한동안 멈춰야 할 모양이다.

"우니가 기다리겠군."

택시를 타기 위해 빠져나갈 곳을 찾는다.

그러다 구석진 곳에서 일어나는 소란스러움이 걸음을 잡는다.

'뭐지?'

욕설과 킬킬대는 소리, 누군가를 집단으로 때리는 소리가 들린다.

귀찮은 일은 사양이다.

가급적 한강에 붙어 그들과 거리를 벌린 채 모른 척 지나가려 했다.

하지만 쓰러진 인영에서 느껴지는 기운이 급속도로 약해짐을 느끼곤 결국 그곳으로 향했다.

"왜? 또 개겨 보지?"

"깔깔깔! 쟤 오줌 쌌다. 으~ 더러워!"

"두 번 다시 우리 얼굴 보지도 못하게 만들어야 돼! 비켜봐, 아주 죽여 버린다. 아까처럼 날 때려봐, XX놈들아!"

"…윽!"

"…으으."

교복과 사복을 입은 13명의 남녀가 땅바닥에 누워 잔뜩 웅크리고 있는 두 명을 둘러싸고 있었다. 말을 하면서도 연신 발을 놀려 그들을 걷어차는데 한두 번 해본 솜씨가 아니다.

때릴 줄 아는 놈들이다.

하지만 얼굴이 엉망인 녀석이 눈이 뒤집어진 채 발길질을 한다.

웅크린 두 명의 몸이 서서히 풀리는 걸 보아 좀 있으면 송장이라도 치를 분위기다.

"그만해라. 그러다 죽는다."

일순, 조용해지며 주변에 자동차 지나는 소리만 들린다.

최면을 배우고 내공을 축적한 탓에 내가 하는 말에는 묘한 힘을 가지고 있었다.

눈이 뒤집힌 녀석도 발길질을 멈춘다.

"넌 뭐냐?"

리더로 보이는 애가 인상을 쓰며 묻는다.

"지나가는 사람."

"씨발! 그럼 그냥 지나가!"

"그냥 지나갈 테니 걔네들 그만 때려. 더 때리면 곤란한 상황이 생겨."

"아놔! 왜 우리 일에 참견하고 지랄이야? 곤란한 상황? 니 새끼가 더 곤란한 상황이다. XX놈아! 조져!"

"깔깔! 지가 꼰대야? 왜 나서고 지랄이래."

여자 4명을 제외하고 일제히 나를 향해 움직인다.

주먹을 쥐지 않았다.

아직까지 죽이지 않기 위해 때려본 적이 없으니 힘을 조절해야 했다.

짝!

멋지게 몸을 날려 발차기를 하는 놈에게 붙어 귀싸대기를 날렸다. 그러자 놈이 날아오른 자세 그대로 바닥에 꼬꾸라지며 기절한다.

"쎈가?"

힘을 더 줄여야겠다.

"한 가닥 하나 보네. XX새끼."

"이런 XXXXX새끼."

한 명이 쓰러지자 입에 담기도 힘든 욕들이 난무한다.

TV였다면 삐삐거리는 소리에 시청이 불가능했을 것이다.

나를 빙 둘러싸며 본격적으로 공격해 온다.

하품이 날 정도로 느리고 맥없는 공격들. 살짝 옆으로만 움직여도 모두 피해진다.

길게 끌 생각은 없었다.

피하면서 가장 옆에 있는 놈들에게 싸대기를 날린다.

짝! 짝! 짝! 짜악!

한 놈에 한 방씩.

고개가 획 돌아가고 바닥에 허물어진다.

"……!"

이제 남은 애들은 남자 4명에 여자 4명.

경험이 많은 놈들답게 눈치는 빨랐다.

순식간에 다섯이 쓰러지자 주춤거리며 한두 발 물러나더니 서로 눈치를 살핀다.

"튀, 튀어!"

뿔뿔이 흩어져 도망가는 녀석들.

난 그들을 쫓았다.

"으아아아! 윽!"

날 보며 비명을 지르는 녀석에게 한 방.

"때, 때리지 마세요. 큭!"

도망가다 넘어져서 버둥거리는 녀석에게도 한 방.

"꺄아악! 윽!"

욕하던 계집애에게 한 방.

"여, 여자를 때릴 건가요?"

"너도 똑같은 패거리잖아."

짝!

남자와 여자의 구분은 일반인에게 통용되는 얘기다. 이들은 그냥 심심해서 남을 괴롭히는 짐승보다 못한 녀석들이다.

멀리 도망가 봐야 부처님 손바닥 안이다. 내공까지 사용해 쫓아가 결국 모두에게 한 방씩 먹였다.

질질질질~

그리고 한 손에 한 명씩 끌고 구석진 곳에 모았다.

가급적이면 싸움은 피하는 것이 좋다. 하지만 시작하면 끝을 보는 게 좋다.

물론, 이들이 나에게 피해를 입힐 가능성은 한없이 제로에 가까웠다.

하지만 만에 하나 모를 일이다. 나비효과처럼 이들 주변의 다른 사람에게 피해가 갈 수도 있으니 확실히 해야 한다.

널브러진 놈들을 두고 엉망진창으로 맞던 둘에게 다가갔다.

"괜찮아?"

덩치와 키가 나보다 컸지만 교복을 입고 있어서 반말을 했다.

"아, 예……."

"네, 네."

"무슨 일로 맞고 있었는지 모르지만 그만 가도 좋아. 내 얼굴 본 건 비밀로 해주고."

"예, 물론이죠! 근데 저희 이대로 가면 곤란한데……."

"왜?"

"그게……."

설명은 길었지만 간단하게 정리하면 내가 기절시킨 이 애들 중 일부는 이미 조직폭력배에 속해 있고 나머지는 이 동네 조직폭력배에 스카우트될 예정이란다.

이 말은 내일부터 조폭들이 내 뒤를 캐고 다닐지 모른다는 얘기였다.

친구들이 맞는 걸 보고 나섰다가 이 지경이 된 둘도 이대로 돌려보낸다고 될 일이 아니었다.

골치 아프다.

역시 나서는 게 아니었다.

난 전화를 걸었다.

─…늦네요?

"응, 일이 생겨서. 좀 늦을 거니까 기다리지 말고 먼저 자."

─기다릴게요.

"그럼 그러던지. 최대한 빨리 갈게."

3학년이라 원래 늦게 자는 우니였지만 오늘은 더 늦을 것 같아 미리 전화를 했다. 많이 좋아졌다곤 해도 여전히 돌봄이 필요한 애였다.

결정을 했으면 실행을 해야 했다.

"깼으면 꿇어 앉아!"

기절해 있던 녀석들이 하나둘씩 일어나 무릎을 꿇는다.

한 방씩 맞아 부어오른 얼굴이 가관이었지만 눈빛은 원독이 가득했다. 당장에라도 호주머니에 있는 칼을 빼들 기세다.

역시나 급하다고 뒤처리를 안 하면 안 되는 거다.

철저하게 해줄 생각이다.

난 일부러 빈틈을 보이며 공격해 오길 기다린다.

손속을 뒀지만 기절할 만큼 강한 주먹이었다. 아마 공격하기가 무척이나 망설여질 것이다.

하지만 인간은 망각의 동물이다. 방금 전 당한 일이 그저 실수라고 생각했을 것이다.

다시 반항을 시작했다.

작은 칼을 꺼내 정확히 내 목을 향해 찔러 왔다.

오른손을 들어 팔에 있는 요혈을 찍고 바로 목을 꿇어 쳤다.

그리고 뒤이어 칼을 꺼내는 놈도 똑같이 만들었다.

"켁! 켁! 크으~ 큭!"

"…아흑! … 헉!"

덤볐던 놈들은 잡초가 난 바닥에 얼굴을 박은 채 숨을 헐떡
인다.

"너희도 할래?"

"아, 아뇨!"

눈치 빠른 녀석은 손까지 흔들며 자신은 깰길 생각이 없다
고 표현한다.

흔히 매에는 장사가 없다고 한다. 하지만 시간이 약이라는
말이 있다.

내가 이들을 죽도록 팬다고 해도 근본적인 심성이 고쳐질
거라고는 생각하지 않는다.

정확히 상대와 똑같은 일을 겪어봐야 그들의 고통을 이해
할 수 있을 것이다.

물론 그렇게 해도 고쳐지리라 생각할 수는 없다고 본다.

오늘·난 인연이 닿은 이들에게 한번이라도 타인이 겪은 고
통에 대해 이해할 시간을 주고자 한다.

5장

2층으로

조폭이라 불릴 만큼 악은 있었다.

특히, 이 그룹을 이끄는 리더 격인 놈은 마치 오뚝이처럼 일어나 무기를 잡고 덤볐다.

난 오직 급소만 노렸다. 그리고 일어날 때마다 팔과 다리의 요혈을 눌렀다.

"커어억! 크으으윽!"

인간에게 공포를 주는 방법은 많다.

그중 가장 효과적인 것이 잔인함과 무심함이 아닐까 한다.

목숨을 뺏는 것 자체에 아무런 감흥이 없는 괴물을 보게 되면 심연의 공포가 각인된다.

대표적인 괴물이 클로버였다.

"사… 살려… 주세요."

드디어 놈의 눈이 공포로 물들었다.

한 가닥 희망을 가지고 무릎을 꿇고 있는 놈들도 절망에 빠진다.

그리고 그들의 눈은 모두 나를 쫓는다.

서서히 몸을 움직이며 최면을 건다.

"지금 느끼는 공포의 감정을 가슴 깊이 새겨! 잊지 마, 너희들이 행하려는 행위가 그대로 너희에게 돌아올 거야. 기억해, 몸은 너희 생각을 배신할 거야. 지금처럼 살면 평생을 그 고통 속에 살게 될 거다!'

몽롱해진 눈빛을 보며 암시를 통한 각인을 실행했다.

가급적 오래가도록 해둔 최면이지만 시간이 지나면 지워지게 마련이다.

그래서 그 각인이 되새겨질 방법을 실행하기로 했다.

"너희 둘, 이리 와!'

"네……."

맞고 있던 두 명도 같이 최면에 걸려 있었기에 이들에겐 다른 암시를 준다.

"너희 둘은 방금 내가 한 말 잊어. 그리고 너희는 강해, 저기 무릎 꿇고 바닥에 기는 놈들보다 칼을 두려워 마. 너희의 반사 신경은 피할 만큼 충분해. 다만 두려움 때문일 뿐이야.

그저 베이는 정도는 주먹으로 맞는 것보다 아프지 않아……."

반복적으로 몇 번을 얘기하고 최면을 깨웠다.

"자, 내가 할 일은 끝났으니까. 너희들의 문제를 해결하도록 하자."

"그, 그게 무슨 말이에요?"

"싸우라고. 쟤네들 하는 꼴을 보면 오늘이 끝이 아닐 거야. 학교 가면 괴롭힘이 계속될 텐데 그때마다 맞고 있을래? 차라리 너희 둘이 학교를 평화롭게 만들어."

"그렇지만……."

"조폭들은 내가 맡지. 너희는 이들만 확실히 해결해. 거기 너네들, 이 둘만 이기면 그냥 보내주지."

"정말이죠?"

"그럼. 일대일부터 시작하자. 두 명 나와."

"일대일요……?"

"응. 대신 무기는 사용해도 좋아."

"저, 저기……. 형님."

"지금 도망가서 학교 다니는 내내 맞든지, 싸워서 이기든지 알아서 해."

"할게요!"

암시의 효과가 나타났다. 두 명은 굳은 얼굴이 되어 앞으로 나섰다.

그리고 싸움이 시작됐다.

칼로 공격하는 놈들은 계속 움찔거리며 제대로 공격하지 못했다.

요혈이 찍혀 있는 상태에, 최면까지 걸려 있으니 당연한 일이었다.

반면 다른 암시를 준 두 명은 무기를 두려워하는 기색이 차츰 사라져 제대로 공격을 가했다.

싸움은 5분이 되지 않아 끝났다.

"다음!"

시간이 갈수록 싸움은 싱거웠다.

둘은 자신감이 갈수록 더하는 반면 불량배들은 갈수록 기세를 잃어갔다.

일대 이, 일대 삼, 일대 사까지.

그리고 마침내 끝이 났다.

때린 놈이나 맞은 놈이나 지쳐서 움직일 줄 몰랐다. 난 자리에 일어나며 말했다.

"내 얼굴 잘 봐. 기억하기 힘든 얼굴이야, 그치? 여자 코미디언 중 신봉산하고 닮기도 했고, 오나민과 닮기도 했지. 그럼 난 갈 테니까 일어나면 집에 가봐. 참, 넌 잠깐 나랑 얘기 좀 하자."

난 리더를 끌고 가 그가 속한 조직에 대해 물었다.

놈은 자신이 아는 바를 술술 불었다.

적당히 알아낸 난 한강을 빠르게 벗어났다.

이제 갓 조직에 들어간 10대가 두목의 집을 어찌 알까.

조직이 관리하는 영업소 두 곳을 들러 그가 사는 곳을 알아냈다.

"와우! 철옹성처럼 해뒀군."

수많은 CCTV와 조직원들로 가득한 주택.

조직원들을 믿는 건지, 아니면 하는 일이 구려서 누군가가 이 집에 오는 것이 싫어서 그런 건지 몰라도 첨단 방범 시스템은 없었다.

만일 첨단 방범 시스템이 있었다면 오늘은 포기하고 돌아가야만 했을 것이다.

닫힌 창문의 창틀로 뾰족한 송곳을 찔러 넣자 두부에 찌른 것처럼 쑥 들어간다. 그리고 살짝 손을 비틀어 휘젓자 걸쇠가 떨어진다.

창문을 열고 들어가자 두목이 있는 곳을 찾는 건 식은 죽먹기였다.

곤히 자고 있는 그를 깨었다.

"누구냐!"

목을 겨누고 있는 송곳을 생각해서인지 외치는 소리는 작았다.

"부탁할 것이 있어 왔어요. 추가적으로 지금처럼 조용히 얘기했으면 좋겠군요. 과격하게 행동하기는 싫거든요."

"부탁?"

역시 한 조직의 수장다웠다.

잠에서 깼을 때의 당황함은 금세 지우고 날카로운 눈이 되어 나를 바라본다.

'꽤 많은 이들을 죽인 눈빛이군.'

그는 나와 동류의 짐승이었다.

"네. 꼭 들어주셨으면 좋겠네요."

"무슨 부탁이기에 이렇게 늦은 시간에 왔는지 들어보지."

노련한 인물답게 믿는 구석이 있는 건지, 애써 태연한 척을 하는 건지 눈빛만으로 읽을 수가 없다.

"○○기계 공업 고등학교 학생들 중 조직원이 있더군요. 그들에게서 손 떼라고 부탁드리러 왔습니다."

"고등학생? 그 일 때문에 여길 왔다고?"

"네. 가급적 손을 뗄 때 조직원들 간수도 잘해줬으면 좋겠습니다. 동네 형이다, 학교 선배다 하며 간섭하는 것은 딱 질색이거든요."

"……."

말의 진위를 파악하는지 눈빛이 날 훑는다.

"대단하군. 그런 일 때문에 나, 최철용의 침실에 들어오다니."

"별로 어렵진 않았습니다."

"말투도 특이하고."

"예의가 바른 편이죠. 하지만 말이 틀어지면 싸가지가 없어집니다."

"그렇다고 해두지. 하지만 자네 부탁은 꽤 어려운 일이네."

"혹시 지금 상황이 이해가 안 되나?"

난 송곳을 흔들며 말했다.

"알지. 하지만 조직 전체를 위해 그들이 꼭 필요해. 다른 조직들도 고등학생을 영입해 제거할 사람을 그들에게 맡기지. 한데 우리만 그들을 영입 안 하면 어떻게 될까? 이미 전과가 많은 조직원들이 살인을 저지르면 20년은 감옥에서 지내야 하지. 그렇게 되면 조직은 위축될 것이고 곧 다른 조직에게 먹히겠지."

괴변이다.

문득 살기가 치솟는다.

다행히 살기가 외부로 나가진 않았지만 눈치 빠른 최철용은 재빨리 말을 바꾼다.

"내 부탁을 한 가지 들어주면 자네 부탁도 들어주지."

"원하는 게 뭐죠?"

"내가 지정하는 한 사람을 지워주게."

"싫다면요?"

"원래 그 고등학생들을 시킬 생각이었네. 하지만 자네 부탁을 들어주면 할 사람이 없잖은가? 그러니 내 제안은 꽤 정당한 거래라고 생각하는데……"

눈치 빠른 늙은이다. 내가 자신을 죽이지 않을 거란 사실은 알고 있었다.

하긴, 죽일 놈이 나처럼 한가롭게 대화를 나누고 있진 않을 테니 당연히 눈치 챘겠지.

"누굽니까?"

"검사 한 놈이 요즘 우리 조직을 조사하고 있다더군. 그 자를 처리해 주게."

"이름이 뭔데요?"

"문정배라고 돈이 안 통하는 검사가 있어."

조폭이 제거까지 하려는 걸 보니 꽤나 강직한 검사인가 보다.

더 이상 얘기는 무의미했다.

"그 자만……."

"결국 날 싸가지 없는 놈으로 만드는군."

난 손을 놀려 최철용의 아혈과 몸을 마비시키는 요혈을 눌렀다. 갑작스런 전개에 눈이 커지고 뭔가를 말하려 했지만 무시했다.

난 정의의 사도도, 정의감에 불타는 인간도 아니다.

단지 눈앞에서 벌어지는 일을 피하지 못해 이렇게 됐지만 연관도 없는 이들을 위해—비록 죽일 놈들이라 해도— 손에 피를 묻힐 만큼 너그럽지도 못했다.

그래서 조용히 해결하기 위해 두목인 최철용을 만나기로

했다.

하지만 최철용의 행방을 알기 위해 들른 나이트 클럽에서 뜻밖의 제안을 받았다.

제안을 한 사람은 조직의 2인자인 불곰이었다.

"당신이 내 부탁을 받아들였다면 조용히 나가려 했어. 하지만 싫다니 어쩔 수 없네."

최철용은 공포로 물든 눈으로 말하고 있었다.

내 부탁을 들어주겠노라고.

하지만 늦었다.

난 스마트폰을 꺼내 불곰과 한 대화 내용을 들려주었다.

—최철용은 분명 그 제안을 거절할 거요. 아니, 받아들인다 해도 거짓일 거요. 그는 그런 인간이니. 혹시나 거절한다면 그를 죽여… 아니, 그에게 이 주사를 놓아주시오. 그럼 당신이 원하는 바를 들어주겠소.

—그 주사는 뭐지?

—식물인간으로 만드는 약물이 들어 있소.

—내키지 않아. 그 자가 내 부탁을 들어줄 수도 있잖아?

—절대 아닐 거요! 약속을 할 수는 있지만 자신에게 이익이 없다면 오히려 당신을 찾기 위해 조직을 움직일 거요.

—…….

—최철용이 약속한다면 내 제안은 거절해도 좋소. 다만 거절한

다면 그땐 내 제안을 다시 한 번 생각해 보시오. 녹음을 하고 있으니 난 절대 당신을 배신할 수 없소. 원한다면 **최철용의 숨겨진 재산** 중 절반을 드리겠소.

—생각은 해보지.

대화내용을 듣는 최철용은 시시각각 눈빛이 바뀌었다.

스마트폰을 닫고 불곰이 준 오래된 폴더식 핸드폰을 꺼냈다. 그리고 1번을 꾹 누르자 신호가 간다.

—결정했군요.

침착하게 말하고 있지만 중저음의 목소리에는 들뜬 기색이 역력하다.

"아무래도 내 부탁을 들어줄 의향이 없더군."

—그랬을 거요. 그는 그런 사람이니까.

"돈은 '전국 미아, 실종 가족 찾기 시민 모임'에 줘. 약속은 지킬 거라 믿어."

—아까 나와의 대화 다 녹음했으니 내 목줄은 당신이 쥐고 있는 셈이오.

"최철용에게 할 말 있나?"

—작별 인사는 해야겠죠.

난 전화기를 최철용의 귀에 갖다 댔다.

—형님, 저 불곰입니다. 그동안 고생하셨습니다. 조직은 제가 잘 이끌겠습니다.

탁!

불곰의 말이 끝나고 폴더를 닫았다.

"이렇게 됐네. 자업자득이라 생각하고 편안히 누워 있어."

최철용의 눈은 쉴 새 없이 깜박인다.

"늦었어!"

할 말이 많겠지만 들을 필요 없었다. 난 그의 머리에 손을 올렸다. 그리고 기를 주입했다.

투둑!

뭔가 터지는 소리와 함께 최철용은 조용히 눈을 감는다.

죽이진 않았다. 다만 앞으로 뇌는 사용할 수 없을 것이다.

새벽 3시.

조용히 저택을 빠져나와 택시를 잡았다. 우니는 분명 잠들지 않고 기다리고 있을 것이다.

*　　　*　　　*

나의 매력은 무엇일까?

흉터 있는 얼굴?

말라 보이지만 벗으면 세밀하게 쪼개진 근육?

무심하게 타인을 해칠 수 있는 살인 기술?

이런 건 레스토랑에서는 아무짝에도 쓸모없는 것들일 뿐

이다.

준걸 형이 나간 지 2주일째.

팁을 넣는 돈 통은 메말라 있고, 주방장과 바리스타 인영 누나에 비해 적은 월급을 받는 주방 보조 아주머니의 눈빛이 서서히 바뀌고 있다.

거울을 본다.

짙게 선탠한 것처럼 까맣던 피부가 서서히 뽀얀 피부로 돌아오면서 예전의 미모(?)를 조금씩 찾고 있었다.

그리고 날카로웠던 눈빛도 무뎌져 한결 부드러운 인상이 되었다.

하지만 이러한 평가는 지극히 내 주관적인 판단일 뿐이었다.

"누나, 요즘 나 바뀐 거 같지 않아?"

"저~언혀!"

"……"

타인의 상처 따윈 신경도 쓰지 않고 커피 만드는 것에만 전념하는 인영 누나의 말이 나의 현 상태를 정확하게 말하는 것이리라.

"어서 오세요. 바깥 날씨가 무척 덥죠?"

"……"

어렵사리 몇 마디를 더해 친근한 척 말해보지만 돌아오는 건 무시.

이직을 심각하게 고려해 본다.

"커피 나왔다."

"네."

도무지 고민 할 틈을 안 준다.

오늘은 유난히 손님들이 많았다.

또한 변덕스러운 날씨가 또 한 번 심술을 부려 장대비가 쏟아지자 나갈 손님마저 비 그치길 기다리는 덕분에 레스토랑은 빈자리가 없었다.

주문한 커피를 갖다 주고 카운터에 돌아와 섰다. 그리고 주위를 둘러보며 할 일을 찾는다.

'쯧! 저렇게 음식 먹다 채할 텐데.'

허겁지겁 음식을 먹는 덩치 좋은 여자 손님이 유독 눈에 띄었다.

여름이라 그런지 배의 기운이 많이 약해져 있는데 스테이크를 채 다 씹기도 전에 삼키고 다시 입으로 스테이크를 넣는다.

"누나, 소화제 있어요?"

"글쎄? 구급상자에 있나 찾아봐."

인영 누나가 구급상자를 나에게 건넨다. 하지만 그곳에 소화제는 없었다.

'괜찮겠지.'

손님이 많아 나갈 수 없었기에 편하게 생각하기로 마음먹었다.

하지만 유심히 지켜보던 그 손님은 가슴을 치며 답답해 날 부른다.

다가가 조용히 물었다.

"채하셨어요?"

"그런 것 같아요. 혹시 소화제…… 있나요?"

"방금 살펴봤는데 없네요."

"그럼, 택시 불러주겠어요? 병원에 가봐야겠어요."

그냥 택시를 불러줄까 하다가 너무 괴로워하는 모습에 오지랖이 발동했다.

"제가 혈에 대해 조금 아는데 손 좀 줘보시겠어요?"

맨 처음 사람을 죽이거나 마비시키는 사혈(死穴), 마혈(麻穴)에 대해서만 배웠다.

하지만 고 선생님은 굳이 나에게 자신이 아는 모든 혈자리와 그 효능을 가르쳐 주었다.

특히 손, 귀, 발이 인체의 축소판이라며 위치를 일일이 설명했었다.

"좀 아프실 거예요."

"아!~"

검지와 엄지가 만나는 곳을 눌렀다 뗐다 반복했다.

"끄어어어어어억!"

…….

이 아줌마가 트림을 하려면 입을 가리든가.

재빨리 숨을 멈췄지만 아주 약간의 냄새가 코로 스민다.

"미안해요……."

후각이 예민한 나로서는 참기 힘든 냄새.

하지만 무표정한 얼굴이 날 도왔다. 인상을 쓴다고 했지만 얼굴엔 변화가 없었다.

"일단 체한 건 해결되었지만 위가 제 기능을 못하고 있어요. 제가 누르는 곳이 어디쯤인지 기억했다가 틈나는 대로 눌러주시면 효과를 보실 거예요."

배에 해당하는 손의 위치를 가르쳐 주고 기를 더해 몇 번 누르고 문질러 주었다.

"고마워요. 아침까지 불편했던 속까지 편안해지네요."

"좋아지셨다니 다행입니다. 즐거운 시간 보내세요."

살을 빼는 게 우선이라고 말해주고 싶었지만 그건 의사가 할 말이었기에 속으로 삼켰다.

그리고 그 손님은 충분한 팁을 남기고 떠났다.

"오울! 굼벵이도 구르는 재주가 있다더니……."

인영 누나가 돈 통에 넣는 팁을 보더니 한마디 더한다.

굼벵이라니…….

기분이 좋으니 일단 용서하기로 하자.

날이 다시 개자 레스토랑의 손님들은 썰물처럼 빠져나갔다.

좀 한가하겠거니 생각해 정원으로 나가려는 데 날 부르는 소리가 들린다.

"미스터 박~"

오전부터 와서 커피, 점심, 후식까지 먹으며 시간을 보내던 단골 사모님들의 테이블이었다.

"필요한 게 있으세요?"

"그런 건 아니고. 아까 저쪽 테이블에 있던 사람에게 어떻게 한 거야?"

호기심이 들어 날 불렀다는 소리.

하지만 항상 일정액의 팁을 주고 가는 이들이었기에 친절하게 답했다.

"어머! 그런 재주가 있었어?"

"보잘 것 없어요."

"호호! 그럼 우리는 어떤지 봐주겠어요?"

화장이 약간 짙은 사모님이 장난 끼 가득한 얼굴로 물어온다.

"그러죠."

답을 하고 천천히 살피기 시작했다.

살짝 말라 보이는 얼굴이 열로 인해 붉었다. 그리고 아랫배에 탁한 기운이 몰려 있는 것이 하리(下痢), 그중 급성 하리일 가능성이 높았다. 흔히 설사라 말하는 병이었다.

"화장실을 자주 가시죠?"

'설사예요'라고 말할 수 없었고, 다른 사람도 있어서 조용히 귀에 대고 말했다.

"어머! 맞아요."

놀랐는지 레스토랑이 울릴 정도로 답한다.

역시 아줌마들은 모이면 부끄러움 따윈 없는 모양이다.

"효과를 보기 위해 자극해야 하는 곳이 몇 군데 있어요. 중완은 배꼽과 명치 사이의 이곳, 천추는 흔히 꼬리뼈라고 얘기하는 이곳, 족삼리는 무릎 바로 아래, 양구는 무릎 슬개골에서 약간 위에 있는 곳이에요. 좀 민감한 부분이죠."

"…그러네요."

"얘, 그냥 한번 해달라고 그래. 젊은 사람 손길 받으면 좋지, 뭐. 호호호!"

"그래라. 언제 이런 기회가 있겠니?"

아줌마들 아니랄까 봐 짓궂기 그지없다.

"대신 효과는 부족하지만 손으로 위와 장을 자극하는 방법도 있어요. 손바닥의 가운데에서 윗부분이 위, 중앙이 대장이니 이런 식으로 자극하시면 도움이 될 거예요."

두 손을 잡고 동시에 위와 장의 위치를 누르고 문질렀다.

일반적으로 그냥 하는 거보다 살짝 기를 흘려 넣으면 효과는 훨씬 탁월했다.

'생각보다 힘들군.'

자칫 잘못하면 손의 뼈가 으스러질 수도 있었기에 세밀하게 조절해야 했다.

그러다 보니 뙤약볕을 걸어도 나지 않던 땀이 송골송골 맺힌다.

"자, 되셨어요. 한방 병원에 가서 치료를 받는 것도 좋은 방법이에요."

"고마워요. 미스터 박."

"다음은 나!"

"그 다음은 나!"

한 사람이 끝나자마자 세 사람은 앞다투어 순서를 정한다.

큰 병은 없었다. 대부분이 일반인들도 가지고 있는 간단한 병들이었다.

"고생했어."

"덕분에 개운한 느낌이 드네. 수고 많았어."

젊은 내가 손을 주물러 줘서인지, 정말 효과가 좋아서인지는 모르지만 다들 만족한 표정들이라 나 또한 만족했다.

이날 난 최고로 많은 팁을 획득할 수 있었다.

＊　　　＊　　　＊

준걸 형이 레스토랑을 그만둔 지도 한 달이 되어간다. 그리고 그동안 그가 말했던 일은 나에게 일어나지 않았다.

그저 평온한 일상.

평범한 사람들과 어울리며 죽었던 심장도 서서히 살아나고 있었다.

여전히 스마일은 어려웠지만 표정은 우니가 '이제야 사람

답네요' 라 말할 만큼 부드러워졌다.

　또한 지압을 틈틈이 하게 되면서 팁도 늘었고, 손님들이 날 대하는 태도도 많이 친근해졌다.

　6시. 슬슬 퇴근시간이 다가온다.

　"내일은 뭐 할 거니?"

　"글쎄요? 그냥 집에서 TV보며 놀아야죠. 누나는요?"

　"친구들과 만나기로 했어."

　"재밌겠네요. 즐거운 시간 보내세요."

　"혹시… 너도 같이 만날래?"

　어라, 이 누나가 왜 이러는 거지?

　설마……?

　"아… 아니거든! 친구 중에 괜찮은 애가 있어서 소개시켜 줄까 했는데 싫으면 말아라."

　살벌하게 올라가는 눈썹과 함께 무섭게 노려본다.

　그나저나 내 얼굴에 표현력이 좋아지긴 했나보다. 내가 생각한 것을 인영 누가가 짐작하는 걸 보면.

　"그 누나 예뻐요?"

　"예쁘지. 나만큼 예뻐."

　"…그럼, 됐어요."

　"너 이 자식! 방금 그 표정은 뭐야? 내가 미인이라는 걸 인정 못한다는 뜻이냐?"

　닦고 있던 커피 잔을 날릴 기세.

"손님이 불러서."

핑계를 대고 재빨리 자리를 피했다.

인영 누나는 미인이다.

은근히 그녀를 보기 위해 오는 손님도 꽤 많을 정도니까.

하지만 '여자가 여자를 보는 눈'은 믿을 수 없다.

전생처럼 느껴지는 중학교 때 나름 인기가 있었다. 그래서 반 여자아이들 중 친구를 소개시켜 주겠다던 애들이 많았다.

하지만 막상 만나보면 설명과는 너무 딴판이었다.

그런 일이 반복되면서 난 남자가 여자를 보는 눈과 여자가 여자를 보는 눈이 다르다는 사실을 깨달았다.

보통 6시 20분이 되면 일을 마칠 준비를 한다.

7시 정각이 되면 그때부터 내가 담당하는 1층은 2층과 마찬가지로 술집으로 바뀌게 되므로 6시 50분에는 이곳을 나가야 했다.

레스토랑에 오는 손님들이 들어오는 입구는 폐쇄되고, 다른 쪽 문이 열린다.

예약된 손님에 따라 6시 30분에 퇴근하는 경우도 많았다.

"이번에는 괜찮네?"

일주일 간 모아둔 팁을 나눴다.

독수리처럼 매섭던 주방 아주머니의 눈이 반달이 되어 웃는다.

"운이 좋았죠. 내일모레 점심은 기대해도 괜찮죠?"

"물론이지."

각자 돈을 챙기고 마무리를 하는데 입구에서 손님이 들어오는 게 느껴진다.

쥐고 있던 돈을 호주머니에 넣고 입구로 가 영업이 끝났음을 알리려 했다.

"오늘 영업은……."

"술 마시러 왔어요."

단정한 복장에 20대 후반에서 30대 초반으로 보이는 여성은 내가 일한 기간 동안 5번 레스토랑을 방문한 이였다.

"그러시군요. 기다리는 동안 뭐라도 드릴까요?"

"덥네요. 시원한 물 부탁해요."

7시 전에 레스토랑에 있다가 7시가 넘으면 술을 마시는 손님이 몇 번 있었기에 정해진 매뉴얼대로 행동했다.

원하는 걸 갖다 주면 내가 할 일은 끝이다.

나머지는 7시에 이곳으로 오는 알바생이 해결할 것이다.

6시 40분. 옷을 갈아입고 퇴근 준비를 마쳤다. 6시 50분이 되기 전까지 사장님이 안 오시면 그냥 퇴근, 오시면 얘기를 듣고 끝이다.

"내일 올 거야, 말 거야?"

인영 누나가 아까 일을 다시 묻는다.

"그냥 집에서 쉴래요."

"후회 안 하지? 진짜 예쁘고 착한 앤데."

이거 다시 귀가 팔랑거린다.

'예쁘다'로 통하지 않으면 붙는 수식어 '착하다' 그리고 '몸매 좋다' 등등.

마음을 흔들리게 하는 단어들이다.

"같은 여자지만 정말 부러운 몸매를 가진 애라니까. 더 이상은 안 권할 거야. 어떻게 할래?"

홈쇼핑에서 사용되는 마법의 단어.

마지막.

난 결국 무장해제 되어 '알았어요'를 외치려는 순간 사장님이 내려왔다.

"다들 고생들 했어요. 내일은 편히 보내고 다음 날 봐요."

"네~"

"무찬 군은 나랑 잠깐 얘기 좀 할까요?"

말을 마친 사장은 손짓으로 2층으로 올라오라고 말한 뒤 사라졌다.

엥! 갑작스럽게 웬 대화?

준걸 형에게 듣던 얘기가 나에게?

누굴까? 날 지목한 사람은……

처음 가보는 2층.

한 계단씩 오를 때마다 약간의 흥분이 일어난다.

6장

평범한 일상의 작은 자극

　준걸 형이 나에게 해준 얘기는 스폰서에 관한 것이었다.

　돈 많은 남자들이 여자의 스폰서 역할을 자처하듯, 돈 많은 여자들도 남자의 스폰서가 되어준다는 것.

　그리고 내가 일하는 레스토랑의 여사장이 가교 역할을 한다고 했다.

　준걸 형 또한 이곳에서 스폰서가 될 여자를 소개받았고, 그 여자의 지원으로 연예인이 될 수 있었다고 했다.

　그 얘기를 들었을 때 약간의 호기심이 생겼다.

　그래서 그만두지 않고 계속 일을 한 것이다.

　"앉아요."

2층은 전체가 밀폐된 룸 형식으로 되어 있었다.

사장의 경호원—준걸 형은 사장의 정부라고 했다—의 안내로 방으로 들어가니 상석에 앉은 사장이 자리를 권한다.

"2층은 룸으로 되어 있었군요."

"이런 곳은 처음인가요?"

"네. TV에서만 봤어요."

"호호. 술은요?"

"중·고등학교 때 조금, 최근에 조금 마셔본 게 다에요."

"이런, 그런 줄 알았으면 진즉에 술 한 번 사줄 걸 그랬네요."

"기대하죠."

"지금이라도 한 잔 할래요?"

"사양 않겠습니다."

테이블에 준비되어 있던 양주를 작은 잔에 따라 나에게 준다.

"고맙습니다. 사장님도?"

"난 됐어요. 술이라면 지긋지긋하거든요."

술을 한 번에 들이켰다.

목에서 시작된 뜨거움이 식도를 따라 위로 들어간다.

"향이 좋네요."

"한 잔 더?"

고개를 끄덕이자 다시 차는 술잔. 그렇게 세 번 연속 원샷을 했다.

"급하게 마시네요. 더 줄까요?"

"아뇨. 저에게 할 말이 있으신 것 같은데 이제 얘기를 들어야죠."

"그럴까요?"

사장이 손을 들자 옆에서 서 있던 경호원이 밖으로 나간다. 그리고 술 한 잔을 따라 마신 후 얘기를 시작한다.

"준걸에게 무슨 얘기 들은 것 있어요?"

"아뇨."

어떻게 나오는지 보고 싶어 일단 아무것도 모른 척했다.

"그럼 처음부터 물어야겠군요. 혹시 앞으로 되고 싶다거나, 가지고 싶다거나 하는 것 있어요?"

"아직까지는요. 지금 생활에 만족하고 있어요."

"지금부터 하는 말 듣고 기분 나빠하지 말아요. 그저 무찬 군이 어떤 사람인가 알아본 정도니까요. 4년 간 실종되었다 최근에야 한국으로 돌아왔다고 하더군요."

"네. 운이 좋아 돌아왔죠."

"돈이 부족한 것 같지는 않은데 왜 이곳에서 일하는 거죠?"

"음… 어려운 질문이네요. 조사를 해서 아시겠지만 제겐 사회성이 많이 부족해요. 그래서 사회성을 기르기 위해 일을 하기 시작했죠. 지금은… 그냥 좋아요."

사장은 쉽사리 본론을 꺼내지 않았다. 빙 둘러서 얘기하며 내 생각과 가치 등을 오래된 경험으로 유추하고 있었다.

"혹시 여자 경험 있어요?"

"있죠."

담담하게 물으니 그냥 질문과 다를 바 없었기에 담담히 답했다.

"몇 번 정도 나요?"

횟수를 얘기하는지 숫자를 얘기하는지 알 수 없는 물음이다.

"답이 될는지 모르지만 '꽤' 라고 말해야겠네요."

두루뭉술하게 말했다.

"호호! 충분해요. 그럼 이제 본론으로 들어가죠. 어떤 여자가 무찬 군을 만나고 싶어 해요."

"누구죠?"

무표정하고 준걸 형처럼 인형 같은 남자도 아닌 날 원하는 여자가 누구인지 정말 궁금했다.

"긍정적인 답을 하기 전엔 당연 비밀이겠죠? 그 여자는 사회적으로 꽤 성공한 여자예요. 그래서 줄 수 있는 게 꽤 많죠. 무찬 군에게는… 글쎄요, 어떤 면에서 무척 도움이 될 수도 있겠죠. 없을 수도 있고요."

"제가 줄 거는요?"

"시간이죠. 그녀가 원할 땐 만나야 되죠."

"시간만인가요? 사장님이 말하는 걸 종합해 보면 스폰서를 자처한다는 뜻인데, 그 정도의 의미는 저도 알아요."

"대화만 원하는 이들도 있어요."

"아쉽네요."

"호호호호호! 무찬 군은 짐작하기가 어렵네요. 거절할 거라 생각했는데."

"아직 결정한 건 아닙니다."

"알아요. 하지만 긍정적이라는 것만으로도 충분해요. 너무 쉽게 허락하면 매력 없거든요."

"혹시 만나고 제가 거절할 권리가 있나요?"

"물론이죠. 대신 세 번까진 무조건 만나야 해요. 여자들에게 무엇보다 중요한 건 비밀이거든요."

약간 애매모한 답이었지만 다음 질문으로 넘어갔다.

"사장님은 뭘 얻나요?"

"이런! 나까지 생각해 주는 거예요? 그녀가 주는 건 모두 무찬 군의 것이에요. 전 따로 얻는 것이 있고요."

"사회적으로 꽤 성공한 여자. 줄 수 있는 게 많겠군요. 그리고 남자가 나중에 성공해도 마찬가지일 테고요."

"……!"

"답은 표정으로 대신하죠. 얻는 것이 없다고 했다면 거절했을 겁니다. 세상엔 그런 사람은 없거든요."

놀란 것은 일순간이었다.

곧 평소와 같은 모습으로 돌아온 사장이지만 유난히 반짝이는 눈이 부담스럽다.

"부탁이 있어요."

"뭐죠?"

"일은 계속 하고 싶군요."

"그렇게 해요. 아르바이트생 한 명 더 구해야겠네요. 즐거운 시간 보내요."

"사장님도요."

"깔깔, 까르륵!"

여사장은 배꼽을 잡고 웃으며 밖으로 나갔다.

그리고 잠시 후, '그녀' 가 들어왔다.

"서미혜예요."

날 원한다는 여자, 서미혜는 퇴근 전 레스토랑으로 들어왔던 여자였다.

그리고 들어오자마자 양주를 연속해서 마시고 꺼낸 처음 얘기가 이름이었다.

"박무찬입니다."

"……."

통성명을 끝으로 다시 침묵.

서미혜가 따르는 술 소리만 룸을 채운다.

"안주도 좀 드세요."

과일보다는 치즈가 좋을 것 같아 하나 집어 권했다. 그러나 서미혜는 치즈를 유심히 바라볼 뿐 손을 뻗지 않는다.

'까 달라는 말인가?'

"미안해요. 도저히 안 되겠어요."

치즈를 싼 은박지를 까는데 벌떡 일어난 그녀는 밖으로 나가려고 했다.

"두 번 다시 못 볼 것 같은데 소주나 한잔 사줘요. 이곳에서 말고 밖에서요."

"……."

손잡이를 잡고 잠시 멈춘 그녀는 또다시 한참을 그렇게 있다가 힘겹게 입을 연다.

"따라와요."

난 서미혜와 거리를 둔 채 따라갔다.

Jardin을 나와 골목을 따라 걷자 개인이 운영하는 주차장이 나온다. 그리고 벤틀X라는 잘빠진 차 앞에 서고서 묻는다.

"운전할 줄 알죠?"

"네."

할 줄은 안다.

면허증이 없어서 그렇지.

우니가 학교로 가는 시간은 오전 6시 30분. 그때부터 출근 시간까지 할 일이 없어 시작한 것이 운전면허 시험이었다.

운전계의 천재라는 말을 들으며 연습을 하고 있지만 이수

하는 시간이 필요했고, 실기를 시작한 것은 최근의 일이었다.

―부아아앙!

"…액셀이 너무 부드럽네요."

―우우우웅!

"…제 차와 너무 달라서."

―끼이익!

"브레이크가 엄청 민감하네요……."

"저리 비켜요. 차라리 내가 운전하겠어요."

"안 돼요! 음주운전보단 무면허가 낫죠!"

"…이, 이 미친!"

우여곡절 끝에 아무런 사고 없이 포장마차 근처에 차를 주차할 수 있었다.

"넌 절대 운전하지 마!"

서미혜는 자신도 모르게 나에게 반말을 하고 있었지만 전혀 인식하지 못하나 보다.

"그런 말하지 마요. 운전계의 천재라는 말을 듣고 있어요."

"'최악의'를 잊었나 보군."

"무슨 소리입니까. 차가 좋지 않아 그런 것뿐이에요."

"3억이 넘는 차야!"

"비싸다고 좋은 차가 아니잖아요."

"됐어! 너랑 무슨 얘길 하겠니!"

술이 확 깬 듯한 서미혜는 쉽게 진정이 되지 않는지 여전히 고함을 빽빽 지른다.

"여기서 먹을 거야?"

"네. 시원하고 좋잖아요."

포장마차에서 밖에 설치한 이동용 테이블 중에서 가장 안쪽에 자리를 잡았다.

네 등은 벽을 향했고, 서미혜는 날 마주보고 앉았다. 지나는 사람들을 모두 살필 수 있는 곳이었기에 여기를 선택했다.

내 말과 다르게 이곳은 전혀 시원하지 않았다. 오히려 바닥에서 뿌려놓은 물이 낮에 달궈진 바닥의 열 때문에 수증기가 되어 올라가며 후덥지근했다.

"사우나가 따로 없고만, 시원하기는."

"그만 투덜대고 마셔요."

안주가 나오기 전 시원한 소주가 오이와 함께 먼저 나왔다.

까득! 골골골골! 쪼오옥!

소주를 까서 따르고 한 잔씩 마셨다. 소주 한 병은 금세 바닥을 들어낸다.

그러는 동안 서미혜는 진정이 되었는지 아까처럼 아무 말이 없다.

그렇게 길길이 날뛰다가 다시 옛날 새색시 같은 행동이라니 어울리지 않는다.

"할 말 있으면 해봐요."

"……."

"어차피 오늘 보고 안 볼 사람들이잖아요. 그리고 저, 생각보다 입이 무거워요. 아니면 다른 곳으로 옮길까요? 조용한 호텔로 갈까요?"

"웃기고 있네."

"뭐야? 나한테 매력을 느껴서 애프터를 신청한 거 아니었어요?"

"넌 먼저 정신 감정부터 받아봐야겠다. 어떻게 그런 상상을 할 수 있니?"

"당연한 상상 아닌가요? 나이든 여자가 어리고 멋진 남자를 유혹한다~ 두둥!"

영화 예고편처럼 말하며 효과음도 직접 냈다.

"아니거든! 그냥 얘기를 듣고 싶었을 뿐이야. 항상 무심한 표정으로 서빙을 하는 네 모습을 보고 어떤 사연이 있나 궁금했어. 그뿐이야!"

마침내 그녀의 진심이 나왔다.

자신이 말해놓고 말하지 말아야 할 비밀을 털어놓은 사람처럼 화들짝 놀라는 모습이 귀엽기까지 하다.

"그냥 물어보지 그랬어요. 손님에게 그 정도 얘긴 해줄 수 있어요."

"뭐?"

"누구나 사연은 있어요. 단지 그 사연을 속에 담아두어 숙성시키느냐, 아님 밖으로 뱉어버리느냐에 따라 삶에 대한 태도가 달라진다고 누군가 말했어요."

안에 쌓아두지 말고 그냥 버리라고 말해준 사람은 고 선생님이었다.

하지만 진실을 말할 수 없고 거짓을 뱉는 쪽인 나의 삶의 태도는 뭘까?

답을 하면서 스스로에게 의문을 던진다.

"고등학교 1학년 때 하교 중 납치당했어요. 정체모를 곳에 끌려갔죠. 4년 간 죽을 고생을 하다 겨우 도망쳐 나올 수 있었어요. 돌아와 보니 아버지는 돌아가셨고, 전 혼자가 되었죠. 그래서 무표정인 겁니다. 웃을 수가 없거든요."

스스로에게 던진 의문 때문인지 이번엔 거짓을 말하지 않았다.

왠지는 모르지만 오늘은 뱉고 싶었다.

그리고 그녀가 섬에 대해 물었다면 진실을 말할지도 몰랐다.

"……."

"한국에 돌아왔지만 딱히 살아야 할 이유가 없습니다. 모든 게 무의미했죠. 오직 하나, 날 납치한 이들에 대한 복수만 남아 있더라고요. 한데 누군지 모르는데 복수를 할 수가 없잖아요? 그저 그렇게 그냥 숨만 쉬고 있었죠. 근데 웃기게도 숨만 쉬고 있는데도 살아야 할 이유가 생기더라고요. 그래서 Jardin에서 사회 적응 훈련을 하고 있었습니다."

진실을 말하다 보니 소주를 마시게 되고, 소주를 마시다 보니 또 다른 진실을 말하게 된다.

소주병은 서서히 늘어간다.

"…얘기해 줘서 고마워."

"그럼, 이제 미혜 씨 얘기를 해봐요."

"할 얘기 없어."

"취했잖아요. 그러니 술주정한다 생각하고 말해 봐요."

최면은 아니지만 최면술을 익힘으로서 가지는 말의 힘이 서미혜를 설득했다.

"너에 비하면 내 고민은 너무 이기적이다."

"그렇지 않습니다. 자신의 상처가 가장 아픈 법이거든요."

"술주정이라 생각해."

"그럼, 한 잔 더 마시고 말해요."

"응. 사실 난……."

서미혜의 말은 길게 이어진다.

진짜 취했는지 두서가 없었지만 그럭저럭 알아들을 만했다.

요약하자면 그녀는 재벌가의 딸로 태어나 그에 걸맞게 행동하기 위해 살아왔고, 살고 있고, 살아가야 하는 자신의 삶에 힘겨워 하고 있었다.

삶이 평탄했다면 딱히 불만을 가질 생활은 아니었다.

하지만 능력이 있었고, 그래서 맡게 된 사업이 쉽게 풀리지 않게 되자 삶 전체를 되돌아보게 된 것이다.

수많은 친구들, 가족, 심지어 약혼자까지 있었지만 자신의 고민을 타인에게 말하는 법을 배우지 못한 서미혜는 서서히 웃음을 잃어갔다.

　그러던 중 자신과 비슷한 날 발견한 것이다.

　안으로 잔뜩 쌓인 스트레스를 비슷한 타인의 고민을 들으면서 풀고자 했다.

　그게 내가 선택된 이유였다.

　"별것도 아니군요."

　"으으! 별것 아니라는 걸 알고 있었지만 직접 들으니 엄청 기분 나쁘다."

　"머리가 너무 좋아서 그렇습니다."

　"또 뭔 헛소리를 하려고?"

　"결국 모든 건 맡은 일을 못해서 발생한 거잖아요?"

　"내 고민을 그렇게 쉽게 결정짓지 마!"

　서미혜는 완전 취했다.

　몽롱한 눈빛으로 내가 말할 때마다 테이블에 쏟은 술을 나에게로 튕긴다.

　난 날아오는 술 방울들을 젓가락으로 쳐내며 말을 이었다.

　"미혜 씨가 내일 죽는다 치죠. 그럼 일은 어떻게 할 거예요?"

　"내가 왜 죽어! 오래오래 행복하게 살 거야."

　"벽에 X칠 할 때까지 사세요. 빨랑 내 물음에 답해 봐요."

　"글쎄? 내일 죽는다면 누군가에게 맡겨야겠지. 김 사장하

고 배 전무는 하는 일마다 방해니 나랑 같이 죽어야 하고, 영
업부의 장 부장이 적당할 것 같다. 내가 눈여겨보고 있는 사
람이거든."

"그럼, 내일 장 부장이라는 사람에게 가서 같이 일하자고
해요. 그리고 같은 질문을 해서 몇 명 뽑아다가 팀을 꾸려서
일하면 되겠네요."

"말도 안 돼. 아버지… 회장님이 내게 맡긴 일이라고 말했
잖아."

"넓게 생각하세요. 어차피 권한도, 성공과 실패에 대한 책
임도 당신 몫이에요. 설마 장 부장에게 책임을 전가시킬 생각
인가요?"

"그건 아니지만……."

"이용하세요. 당신이 맡은 일이니까, 가족을 이용하고, 약
혼자를 이용하고, 회사를 이용하고, 회장인 당신 아버지도 이
용하세요."

섬에서 전투가 시작되면 적과 아군의 개념은 의미가 없었
다. 세 사람이 죽어야 하니 그게 나만 아니면 되었다.

다섯 번째 전투였던가?

아슬아슬하게 다른 세력의 적을 죽였을 때 살아 있다는 기
쁨보다 내 주변에서 느껴지는 아군의 기척에 놀라고 배신감
에 치를 떨어야 했다.

그들은 내가 같이 죽기를 바랐을 것이다.

그리고 깨달았다.

적도 경우에 따라 아군처럼 이용할 수 있고, 아군도 경우에 따라 적처럼 이용할 수 있다는 걸.

"말처럼 쉬우면 벌써 해결됐겠지."

"그렇겠죠. 내일 죽을 수 있다는 생각은 잊지 마시길. 사람 일이란 모르는 거니까요."

"이제 얘기는 그만! 술이나 마시자."

"그러죠."

빈 병이 6개가 되었을 때 서미혜는 꾸벅꾸벅 졸기 시작했다. 운전을 할 상태가 아닌 것 같아 대리운전을 불렀다.

"차는 어디에 있습니까?"

"저기요."

도로와 보도블록을 반씩 차지한 차를 본 대리기사는 묘한 표정으로 술 취한 서미혜를 안고 있는 날 본다.

"이 여자 차입니다."

그제야 이해한 듯한 얼굴의 기사는 고개를 끄덕이며 차를 뺀다.

대리기사의 오해이지 내가 거짓말은 아니었다.

호텔로 갈까 했지만 오해의 소지가 있었기에 가까운 한강 시민 공원 주차장으로 갔다.

서미혜는 많이 취했는지 1시간이 넘었는데도 일어나질 않는다.

원래는 술이 깰 때까지 기다릴 생각이었지만 집에 가야 할 시간이 다 되어가서 어쩔 수 없이 깨우기로 했다.

팔, 다리, 어깨를 주무르며 기를 주입했다.

들어간 기는 빠르게 온몸에 퍼지며 술기운을 제거한다.

그리고 인중을 살짝 쳐 정신이 들게 만들었다.

Jardin에서 일하며 내공을 세밀하고 자유롭게 사용하게 된 덕분이었다.

"으음! 물, 물!"

컵홀더에 있는 물을 건네자 한 통을 다 비우더니 비로소 정신을 차린다. 그리고 옆에 있는 나를 확인하곤 화들짝 놀란다.

"여, 여긴 어디야?"

"한강 시민 공원 주차장요. 어디 사는지 몰라서 여기로 왔습니다."

"…고마워."

"정신 차렸으면 경호원 불러서 들어가요. 저도 이제 가봐야 합니다."

술만 안 마시면 참 일관된 성격이다.

한마디 꺼낼 때마다 뭔 생각이 그리 많이 하는지 모르겠다.

"가보겠습니다."

차문을 열고 나왔다.

"자, 잠깐. 지금은 이것 밖에 없어. Jardin 사장님 편으로 더 보낼게. 그리고 오늘 고마웠어."

서지혜는 지갑에서 꺼낸 수표와 현금을 나에게 내민다.

"됐습니다. 마지막 인사만 받을 게요. 그리고 Jardin을 나설 때 미혜 씨는 계약을 깼잖아요. 단지 술 사달라는 남자애를 무시 못 하고 같이 마셔준 거죠. 저도 즐거웠습니다."

여전히 손을 내민 채 내가 한 말을 곱씹는 그녀를 놔둔 채 문을 닫고 보도로 올라갔다.

차가 아슬아슬하게 보이는 지점에서 몸을 숨기고 서 있자 잠시 후 차 한 대가 그녀의 차로 접근했고, 그곳에서 내린 경호원으로 보이는 남자가 운전석에 타는 모습이 보였다.

할 일을 끝낸 난 집으로 향했다.

오늘은 평범한 일상에 작은 자극이었다.

*　　　*　　　*

—전화 받아, 이 미친놈아! 전화 받아, 이 미친놈아!

나도 모르는 바뀐 전화벨 소리에 운전하던 차를 옆에 세우고 전화기를 봤다.

모르는 번호.

내 전화번호를 아는 사람은 삼촌과 우니, 그리고 Jardin 식구들뿐이었다.

"여보세요?"

—…나야.

혹시 인영 누나가 아닐까 했지만 서미혜였다.

"누구세요?"

―나라니까, 서미혜.

"전화 잘못하신 것 같은데요?"

어제 잊기로 했으니 모르는 척했다.

―…죄송해요. 혹시, 박무찬 씨 핸드폰 아닌가요?

"맞긴 한데, 미혜라는 이름은 처음 듣는데요."

―장난치지 마. 잠깐 만났으면 해. 어제 한 얘기 때문이라면 하루 더 연장해.

"그러죠. 어디로 가면 됩니까?"

―내가 가지. 어디야?

"강남 운전면허… 아니, 1시간 뒤에 강동구청 앞에서 보죠."

―알았어. 그때 봐.

무슨 일 때문에 다시 만나자고 하는지 모르겠지만 잠깐 들려야 할 곳이 있었다.

빵빵!

벤틀X를 찾고 있었는데 짙게 선팅된 국산 중형차가 정차를 해 빵빵거린다.

"무슨 일입니까?"

"……"

역시 일관된 여자다.

차를 타며 물었지만 혼잣말이 되어버렸고, 차는 빠르게 외곽지역으로 빠져나간다.

"납치입니까?"

"응."

"이거 흥분되네요. 어리고 멋진 남자를 납치하는 묘령의 여인이라…….."

"너한텐 농담도 못하겠다."

"미혜 씨가 답을 해줬으면 아무 말도 안했겠죠. 하지만 아무 말 없이 끌고 가니 가슴이 떨려서 그래요. 전 연약한 남자니까."

"…누나라고 불러."

"싫습니다."

"왜? 내가 너무 어려 보여?"

"농담을 참 무섭게 하시네. 다른 이유는 없어요. 조금이라도 마음에 있는 여자에겐 누나라고 안 불러요."

"……."

"오해 마세요. 서미혜 씨가 그렇다는 건 아니니까. 그리고 누나보다 누님이 어울리겠군요."

"너, 너 이 자식. 으득!"

그녀는 당장에라도 나를 죽일 듯이 으르렁거린다. 하지만 운전을 하느라 그러지 못하는 것이 억울한 모양이다.

놀리는 재미도 있는 여자다.

도착한 곳은 산속에 있는 한적한 별장이었다.

"으흥~♡"

"오해 마라. 사람들 시선 때문에 이리 온 것뿐이니까."

"오해는요, 절! 대! 오해하지 않습니다."

"후~ 그냥 카페나 갈까?"

"아뇨. 사람들 시선도 있는데 그러면 안 되죠. 장난 그만 칠 테니 화 풀어요."

일부러 장난친 것은 아니었다.

차를 타고 시내를 벗어나자 여기저기서 보이는 나무숲이 과거를 떠올리게 했다. 그 기억을 떨쳐 버리려고 발악한 것이다.

별장은 특히나 주위가 온통 나무숲이니 온몸이 긴장 돼 솜털까지 올올히 서 있었다.

"자, 들어가죠. 제가 숲에 대해 좋지 않은 기억이 많아서……."

서둘러 별장 안으로 들어갔다.

관리인이 있는지 깔끔한 별장 내부는 약간의 습기 냄새가 나는 걸 제외하곤 아늑하고 좋았다.

난 푹신해 보이는 소파에 앉아 긴장을 풀었다.

풀벌레 소리, 새소리, 매미 소리만 은은하게 들릴 뿐 별장 주변에는 둘을 제외하곤 아무도 없었다.

"점심 먹기엔 이르고 커피 한 잔 할래?"

"좋죠."

서미혜는 거실 벽면에 있는 오디오를 켜더니 부엌으로 간다.

찰칵! 우우웅~

CD가 돌아가는 소리와 함께 스피커가 음을 내기 전에 약한 진동을 토해낸다.

그리고 시작되는 음악. 피아노소리가 흐르다 여성 가수의 담담히 목소리가 더해진다.

가수 이름을 알 수 없었지만 참으로 애절하고 가슴을 흔드는 음색이었다.

노래는 불안한 내 마음을 치유한다.

"자."

서미혜는 머그잔을 건넨다.

"고맙습니다. 노래 참 좋군요."

"나도 좋아하는 노래야. 내겐 불가능한 노랫말이라 좋아해."

"어떤 가사인가요?"

"한 여자가 자신의 길을 방해하는 남자에게 사랑을 느끼는 노래. 그 반대일 수도 있고."

"아이러니군요."

"응. 이해할 수 없는 내용이지. 하지만 그래서 좋아. 이 또한 아이러니인가?"

자신의 영역이라 편한지 서미혜는 이러쿵저러쿵 말을 잘한다.

"아침 일찍 회사에 나가서 장 부장을 불렀어. 그리고 같이 일하자고 했어."

"자신이 꼭 해야 된다면서요?"

"그랬지. 하지만 어제 너와 헤어지고 난 다음 곰곰이 생각해 봤지. 틀린 말이 아니더라고. 그래서 네 말대로 팀을 꾸리기로 했어."

"이런 보잘것없는 저의 말을 수용하다니 감격이군요."

"몇 가지 문제가 있지만 회장님께 내 능력이 부족해 팀을 꾸리기로 했다고 말씀드리고 도움을 받으려고."

"잘 생각했습니다. 길지 않은 삶, 너무 고민하며 살 필요는 없잖아요?"

"그래. 그렇게 말해주니 용기가 생긴다."

어라, 이 여자가 왜 이래?

장난스레 말했는데 곧이곧대로 받아들인다. 또한 그녀의 태도에 방 안 분위기가 묘하게 바뀐다.

분위기를 전환하려고 말을 꺼내는 순간 그녀의 말이 먼저였다.

"그리고… 나랑 사귀자!"

"……!"

그녀의 눈은 나를 향해 있었다.

7장

위즈

"대답은?"

질문에 대한 답을 바로 하지 않았다. 하지만 서서히 붉어지는 목덜미와 귀를 보니 더 이상 미루면 안 되겠다 싶었다.

"좋습니다. 사귀죠."

"사귀는 건 결혼 전까지야. 이 부분에 대해서는 이해해 줬으면 좋겠어. 또한 원하는 건 말해주면 할 수 있는 한……."

딱딱한 계약서를 읽듯이 사귀는 조건에 대해 말하는 서미혜.

"잠깐만요. 무슨 말을 하려는지 알겠습니다. 하지만 먼저 내 말을 들어줬으면 좋겠군요."

난 그녀의 말을 끊었다.

"미혜 씨가 원하는 대로 해드리겠습니다. 각서를 쓰라면 쓰죠. 또한 전 원하는 거 없어요. 그냥 사회 적응 훈련의 연장 선이라 생각하면 저에게도 이익이니까요. 대신 한 가지는 확실히 하죠."

"뭘?"

"끝내는 시점요. 일단은 미혜 씨 결혼식 전까지지만, 당신이나 저 둘 중에 어느 누구라도 결별 시점을 정할 수 있다는 거죠."

"합의가 아니고 일방적인 선고라 해도?"

"네. 내일 당장 전화로 못 만나겠다하면 관계는 끝이죠. 하지만 결별할 때 그러지 않았으면 합니다. 상대방이 생각할 시간을⋯ 하루면 적당하겠네요. 하루 정도의 기간만 주고 만나서 헤어지는 걸로 하죠."

"좋아, 그렇게 해."

"그리고 발각될 염려가 있는 경우는 바로 끝입니다. 전 상관없지만 미혜 씨는 잃을 게 많으니까요."

"그래주면 나야 고맙지."

"그럼, 사귀는 날을 기념해 한 번 안아 볼까요?"

"그, 그건 천천히⋯⋯."

서미혜는 네 제안에 말을 더듬으며 몸을 피하려 한다.

"무슨 상상을 하는지 너무 보이네요. 그냥 포옹하자는 겁니다."

"그, 그랬니?"

난 떨고 있는 그녀를 살짝 안아주곤 풀었다. 그리고 미리 준비해뒀던 핸드폰을 서미혜에게 주었다.

이곳에 오기 전, 불곰에게 들러 대포폰 두 개를 구해왔다.

"통화와 문자는 이걸로만 서로 주고받아요."

"이건?"

"대포폰이에요. 추적이 불가능하죠."

"이럴 필요까진 없어. 그 사람과 난 필요에 의해 결혼하는 것뿐이니까. 나도 그 사람이 무얼 하든 신경 쓰지 않아."

왠지 그녀가 약혼자에 대해 이미 많은 것을 알고 있다는 느낌을 들었다.

"그건 미혜 씨 생각이고요. 남자는 '자신의 것'에 대한 소유욕이 강하거든요. 그리고 여자만 육감이 있는 게 아니에요. 남자의 육감도 때론 무섭답니다. 이상하다 느끼면 당연 당신의 핸드폰 내역을 조사할 거예요. 약혼자라면 그보다 더 많은 일을 할 수도 있겠죠."

대포폰은 서미혜를 위한 방비책이라기보다 나를 위한 방비책이었다.

"네가 편하다면 그렇게 하자. 선물 고마워."

"이해해 줘서 고마워요."

"나 좋으라고 하는 일인데, 뭐."

"그럼, 이런 점심을 준비해 볼까요? 첫 데이트, 첫 식사. 왠지 설레지 않나요?"

"난 얘기하는 게 좋은데."

"지금은 안 돼요. 부족한 지식이라 오늘 하루면 바닥난다고요. 채울 때까지 기다려 주면 좋겠군요."

"기대가 전혀 되질 않아."

"이런! 사귀는 사람에게 무시당하면 안 되는데 열심히 해야겠네요."

"엄청 무시할 테니까 기대하라고. 호호!"

서미혜가 웃는 모습은 처음이다.

예쁘진 않지만 단정하고 세련된 미모로만 알고 있었는데 그게 다가 아니었다. 그녀의 웃는 모습은 정말이지 아름다웠다.

나도 저 웃음을 닮고 싶었다.

*   *   *

미국 비버리힐스의 한 저택 앞은 누군가 이사를 오는지 대형 트럭들과 인부들로 북적인다.

"그건 사모님이 아끼는 물건이니 조심, 또 조심해야 돼!"

미국 금융업계의 큰 손이라는 아담 캐플러가의 집사 장인 프랭크는 연신 저택으로 들어오는 물건들을 각 방으로 보낸다.

얼마 전, 아담 캐플러가 새로운 부인을 맞이했다.

그녀의 이름은 디오나 캐플러.

"바다는 딱 질색이에요."

디오나의 이 한마디에 라호야 해변 근처의 대형 저택을 놔두고 이곳으로 옮기게 되었지만 그는 딱히 불만은 없었다.

새로운 여주인은 성격도 차분하고 친절했고, 무엇보다도 보는 이가 우러러 볼 수 있는 아우라가 있었다.

쉽게 말해 남성을 불끈하게 만드는 힘이 있었던 것이다.

그는 오늘 밤 전용기편으로 이곳에 올 그녀를 위해 지금 하는 일을 모두 끝마쳐 두어야 했다.

"서둘러라! 6시 이전에 끝마치면 급료를 1. 5배로 주겠다."

"와우!"

인부들은 프랭크의 말에 아까보다 더욱 부산하게 움직이기 시작한다.

8시가 되자, 저택 앞에는 2대의 차가 경호하는 리무진이 섰다.

그리고 차에서 나온 두 명의 여성은 경호를 받으며 저택 안으로 들어섰다.

"프랭크 고생했어요."

저택으로 들어서는 디오나는 쭉 도열한 하녀들과 하인들

의 맨 앞에 있는 프랭크의 어깨를 잡으며 속삭이듯 말한다.

"당연히 제가 해야 할 일입니다."

평소 근엄하기로 소문난 프랭크도 지금 이 순간만큼은 얼굴에 웃음꽃이 핀다.

"아담은요?"

"주인님은 뉴욕에서 일을 마치시는 삼 일 뒤에 오실 겁니다."

"그렇군요. 호호!"

디오나의 도발적인 눈이 웃음과 함께 살짝 휘어지자 고개를 숙이고 힐끔거리던 하인들의 숨소리가 순간 거칠어진다.

"이, 이분은?"

디오나의 뒤에 서 있는 여성을 본 프랭크는 말까지 더듬거리며 눈을 떼지 못한 채 물었다.

"내 친한 동생인 제시카예요. 프랭크도 잘 알고 있는 드럼프 씨와 약혼한 사이죠."

"아! 이분이… 처음 뵙겠습니다. 프랭크 멀린입니다. 부족하지만 디오나 사모님을 모시고 있습니다."

데이빗 드럼프는 아담과 견줄 만큼 부유한 사업가였고, 아담과 친분이 두터웠다.

최근 결혼한 지 얼마 되지 않은 세 번째 부인과 전격 이혼을 한 이유가 한 여자 때문이라는 소문이 돌았는데 그가 왜 그랬는지 제시카를 보니 충분히 이해가 되었다.

"미스터 멀린, 제시카예요. 이곳에 있는 동안 잘 부탁드려요."

"프랭크라고 불러주십시오. 그리고 최선을 다하겠습니다."

"고마워요, 프랭크."

'허, 사모님보다 더했으면 더했지 못하지는 않군.'

생긋이 웃는 웃음에 저택 로비가 환해지는 느낌에 프랭크는 속으로 혀를 찼다.

"일단 목욕부터 하겠어요."

"2층에 준비해뒀습니다."

디오나와 제시카는 프랭크의 안내를 받으며 2층으로 올라간다.

LA시내가 한눈에 보이는 테라스에 두 명의 여성이 얘기를 하며 와인을 마시고 있다.

디오나와 제시카.

30대 초반의 나이라고는 믿기지 않을 만큼 동안에 아름다운 금발, 백설처럼 하얀 피부의 디오나는 얼핏 보면 날카로워 보이는 인상이다.

하지만 자세히 보면 남자라면 누구나 보는 것만으로도 흥분할 만큼 섹시한 얼굴이라 말할 것이다.

20대 초반의 제시카는 밤하늘을 연상케 하는 검은 머리와 바다를 연상시키는 눈동자를 가지고 있었고, 오밀조밀한 얼굴과 긴 목이 사람들로 하여금 보호본능을 일으키게 만들었다.

"바다를 안 보니 살 것 같아."

"호호! 언니는 유독 바다를 싫어하는 것 같아요."

"네가 섬에 오래 있지 않아서 그런 거야, 제시카. 그때 섬에서 탈출한 누구라도 바다는 근처도 가지 않을 걸."

"그런가요?"

제시카는 별이 반짝이는 하늘을 보며 섬에서 지냈던 시간을 기억하는 듯했다.

섬에서 전투가 끝나고 이긴 승자를 맞이할 준비를 하고 있었다. 그 시간이 제시카에겐 끔찍하리만큼 무서운 시간이었다.

승자는 여자를 선택할 수 있었는데, 섬에 있는 여자는 모두 일곱.

디오네가 나눠주는 번호표를 들고 기다리다 승자가 부르는 번호와 일치하면 한쪽의 공터로 가 섹스를 나눠야 했다.

섹스도 하나의 경기였다. 섹스 도중 여자는 남자를 공격할 수 있고, 남자는 여자가 공격을 시작하면 반격을 할 수 있는 구조.

성공하면 많은 식량을 얻을 수 있지만 실패하면 죽음이 기다리는 게임.

섬에 들어온 지 한 달도 되지 않은 제시카는 공격할 능력이 없었기에 오로지 승자에게 유린당하는 것이 그녀가 할 수 있는 모든 것이었다.

하지만 그녀는 운이 좋았다.

한 달이 안 되는 기간에 여섯 번의 경기가 있었고, 그때마다 승자가 되어 온 한 사람이 자신을 선택하게 된 것이다.

나중에 안 사실이지만 디오네가 그 사람에게 자신의 번호를 알려주었던 것이다.

그는 자상했다.

공터에는 여러 대의 카메라가 설치되어 섹스를 하는 모습까지 어디론가 송출되고 있었는데 그러한 사실을 알고 있던 그는 최대한 몸을 밀착시켜 자신을 보호하려 했다.

제시카는 빌었다.

오늘도 그가 승자가 되어 자신을 선택해 주길.

하지만 승자들은 도무지 올 생각을 하지 않았다.

뭔가 이상함을 느낀 디오네가 정찰을 나갔고, 돌아온 그녀는 우리에게 빨리 몸을 피하라고 명령했다.

자는 곳에서 조금 떨어진 곳에 만들어 놓은 굴로 들어간 일곱은 숨소리조차 크게 쉬지 못한 채 이틀을 그곳에서 피해 있어야 했다.

신처럼 강할 것 같던 디오네가 떠는 모습을 본 건 그곳이 처음이었다.

이틀이 지난 뒤 디오네와 함께 나간 섬은 예전의 모습은 찾아볼 수가 없었다.

곳곳에 시체가 뒹굴고 있었고, 숲은 황폐화 되어 있었다.

다음 날, 헬기와 배 한 척이 도착했다. 섬에서 일어난 일을 조사하러 온 모양이었다.

디오네는 헬기를 탈취할 계획을 세웠지만 여자들보다 먼저 나타난 남자 두 명이 먼저 헬기를 탈취했다.

디오네는 그 둘을 설득해 같이 탈출하자고 제안을 했다.

하지만 헬기가 좁다는 이유로 헬기를 탈 수 있게 된 건 제시카와 디오네뿐이었고, 다섯은 그 둘에게 죽임을 당했다.

그렇게 제시카와 디오네는 섬을 탈출했다.

"디오네. 헬기를 같이 타고 온 그 둘을 어떻게 죽였던 거예요?"

"이미 지나간 일을 왜 묻는 거지?"

당시 헬기를 타고 얼마 되지 않아 제시카는 정신을 잃었다.

하지만 깨어났을 땐 헬기 조종사와 둘뿐이었다.

"몰라요. 갑자기 생각이 나서요."

"시간이 지났으니 말해줄까? 그 둘은 헬기를 태우는 조건으로 우리를 원했지. 난 헬기를 타면서부터 그들에게 최면을 걸었어."

"그들에게 최면이 걸렸어요? 일반인이 아닌 그들은 섹스를 할 때를 제외하곤 거의 불가능하다고 했잖아요."

"맞아. 하지만 그 둘은 공포에 질려 있었거든. 섬을 파괴한 그에게 하루 종일 쫓겼을 테니까 언제 다시 그가 나타날까 두려웠던 거지."

"그래서……."

"맞아. 일단 앞자리에 있는 널 재운 후, 둘에게 말을 걸면서 그에 대한 말을 했어. 그리고 최면을 거는데 성공했지. 공포가 강한 성욕 동반한다는 거 알고 있지? 그게 끝이었지."

제시카는 두루뭉술한 디오네의 말을 정확히 알아들었다.

디오네는 섹스를 통해 남자의 정기를 모조리 뺏을 수 있었다.

과거 얘기에 디오네는 기분이 안 좋은지 와인을 가득 따라 원샷을 한다.

"괜한 걸 물어 미안해요."

"괜찮아. 잊으려 한다고 잊을 수가 있나. 그곳에서 이십 년을 넘게 있었는데."

"전 한 달밖에 안 지냈는데도 잊혀지지 않아요. 호호!"

제시카는 디오네의 기분을 풀어주고자 활달한 척 웃는다.

디오네는 자신의 웃는 얼굴을 무척이나 좋아했다.

"기집애, 눈치는……. 지옥과 같은 곳임에도 나 역시 간혹 그립긴 해."

"참, 디오네가 짝지어줬던 남자 기억해요?"

"잊을 리가 있나."

"풉! 지금 와서 하는 얘긴데 그 남자, 착하긴 했지만 짧았어요."

"응? 뭔 소리야?"

"호호, 시간이요. 갈수록 길어지긴 했지만 짧게 한 번하고 나면 끝이었어요. 그때는 그게 고마웠는데 지금 생각하니 조루가……."

"바보. 그는 널 생각해 준 거야. 나와 상대할 땐 밤을 샌 적도 많아. 내가 유일하게 정기를 흡수하지 못한 사람이야."

"그래요? 그는 그 혼란 속에 살아남았을까요?"

제시카는 그가 보고 싶었다.

일부러 우습게 표현하며 얘기했지만 이름도 얼굴도 잘 기억나지 않는 그가 어떤 사람인지 은근히 묻고 있는 거였다.

"아마……."

디오네는 제시카의 의도를 알고 있는지 빙그레 웃어 보이며 LA시내를 바라본다.

정찰을 위해 숲으로 들어간 그녀는 순식간에 괴물과 같은 누군가에게 등을 잡혔다.

꼼짝없이 죽었다고 생각한 순간 괴물은 자신과 그만이 아는 단어를 말했다.

디아.

다른 이들은 그녀를 디오, 디오네, 마녀라 불렀고 오직 그만이 그 이름을 불렀다.

'디아. 빨리 도망 가! 죽일 수 없어, 디아를 죽일 순 없어. 빨리! 내가 정신을 잃기 전에 빨리!'

미쳐 버린 그의 마지막 모습은 혈인이 된 채 자신을 죽이지 않기 위해 울부짖는 모습이었다.

"살아 있을 거야."

디오네는 제시카가 듣지 못할 정도로 중얼거렸다.

섬을 탈출 후 미국에 온 디오네는 그녀의 힘을 이용해 금력과 권력을 얻을 수 있었다. 그래서 이제 그를 찾을 생각이었다.

섬의 인간들은 그를 살인 전문가라는 의미로 위즈라 불렀다. 그리고 그녀는 위즈가 한국인으로 '무찬'이라는 이름임을 알고 있었다.

내일 그녀는 위즈를 찾아줄 전문가를 만날 것이다.

*　　　*　　　*

우니의 상태는 많이 좋아졌다. 또래와 비교하면 여전히 다크한 분위기지만 곧잘 자신의 의견을 얘기하기도 했다.

"경호원들은 이제 필요 없을 것 같아요."

쓴 한약을 먹고 말을 하니 나에게 불만이 있는 모습처럼 보인다.

"왜?"

"그… 들도 나타나지 않고, 학교와 학원에서 보는 시선들도 그렇고 해서요."

"계약은 세 달이야. 한 달 조금 안 남았으니까 그때 다시 얘기하기로 하자."

"…네."

우니는 경호원이 필요 없다고 했지만 내 생각은 달랐다.

아는 만큼 보인다라고 했던가? 내가 보는 이 세상은 전혀 안전하지 않다는 것이다.

물론, 기우(奇遇)일지도 모른다.

하지만 우니만 학교로 보낸다면 내가 불안해서 아무것도 못할 것이다.

그래서 단호하게 그녀의 말을 거절했다.

"공부는 잘 돼?"

"환경이 좋아졌잖아요. 더 열심히 해야죠."

"너무 무리는 마. 재수는 필수라는 말도 있잖아."

"방금 올해는 떨어지라고 말하는 거죠?"

"아, 아냐! 심리적으로 너무 몰아붙이지 말라는 얘기였어. 혹시라도 떨… 아니, 붙을 거야. 그러니까 내 말은……."

젠장, 혀가 꼬였다.

"풉! 됐어요."

간혹 이렇게 웃을 때도 있었다.

"자, 이제 앉아."

난 등받이 없는 의자에 우니를 앉혔다.

수능을 위해 노력하는 그녀에게 내가 해줄 것이라고는 고 선생님이 내게 해주던 것과 같은 것이었다.

"괘, 괜찮아요."

"부끄러워 하기는. 내가하는 건 안마니까 오해하지 마라."

"오해는 무슨……."

얼굴 전체가 벌겋게 물들었지만 사심이 없는 난 무시했다. 그리고 머리부터 지압을 시작했다.

"악! 아아!"

"간은 이제 서서히 좋아지고 있네."

"머리에 간이 있어요? 아!"

"헛소리하면 더 아프게 누른다."

영양을 생각한 정기적인 식사, 체력을 위한 보약을 섭취하는 우니였지만 너무 오랫동안 방치된 채 살다보니 몸이 엉망이었다.

그래서 안마를 시작했다.

내공으로 탁한 기운을 없애주고 여러 장기를 활발하게 움직여 일반인과 비슷한 수준이 된지도 일주일 전.

이제는 간을 제외하고는 어느 누구보다 튼튼한 우니였다.

추궁과혈을 하면 더욱 빠른 진전을 보였겠지만 다 큰 고등학생의 몸을 떡 주무르듯 만진다는 것은 서로가 어색한 일이었다.

그래서 머리, 등, 손, 팔, 무릎까지의 다리, 발까지가 한계였다.

남들이 들으면 오해할 만한 비명 소리가 거실을 가득 채운다.

내공을 사용한 안마는 힘들었다. 땀이 입고 있는 셔츠를 젖힐 정도였다.

안마를 받는 우니도 마찬가지로 활발하게 움직여지는 신진대사 덕분에 나보다 더 땀범벅이 되어간다.

비명이 사그러든다.

발바닥에 간에 해당되는 부위를 눌러도 몸을 움찔할 뿐 비명 소리가 나지 않는다.

발바닥을 끝내고 발등과 발목, 종아리를 만지는 순간, 우니는 다시 소리를 지른다.

"아아~ 아~"

비명 소리가 아니었다. 이건 쾌감의 소리였다.

짝!

"끝! 이제부터는 간혹 머리 손바닥, 발바닥만 받으면 되겠다."

우니가 정신을 차리게 종아리를 소리나게 쳤다. 마지막에 자신이 어떤 소리를 냈는지 알았는지 홍시처럼 얼굴이 붉다.

"부끄러워 마. 그건 의지와 상관없는 부분이니까. 자! 얼른

미지근한 물 한 잔 마시고 샤워해."

"……."

후다닥 2층으로 사라지는 우니.

그런 그녀를 보니 피식 웃음이 나왔다.

그리고 나도 1층에 있는 목욕탕으로 향했다.

$$*\qquad*\qquad*$$

띵동!

문자가 왔다.

—어제 즐거웠어. 활기찬 하루 보내.

—너무 피곤하게 한 것 같아 걱정했는데……. 일 열심히 해
요.

—안마를 받아서 그런지 멀쩡하네. 종종 부탁해.

—책임을 지니 그러죠. ㅎㅎ

서미혜였다. 간단히 문자를 주고받았다.

그녀와의 진도는 빨랐다. 계약으로 사귀기로 한 만큼 언제
헤어질지 모르니 육체적으로나 정신적으로나 급했다.

연인이라기 보단 섹스 파트너에 가까웠지만 가급적 연인
처럼 행동하려 노력했다.

"인영 누나가 이것들 사오라는데."

조영훈이 나에게 다가와 쪽지와 카드를 내민다.

Jardin에서 아르바이트생 한 명을 더 뽑았는데 그가 조영훈이다. 나와 동갑으로 편하게 지내기로 했다.

그는 준걸 형과 비슷한 부류였다.

호리호리해 바람에 날아갈 것같이 말랐고, 보호본능을 일으키게 하는 묘한 힘을 가지고 있었다.

"왜, 나야?"

보내려면 조영훈을 보내야지 정상이다. 그는 아직 서빙이 서툴러 이런저런 실수를 많이 했다.

"낸들 아냐? 어쨌든 고생해라."

금방이라도 부러질 것 같은 팔로 어깨를 토닥거리던 조영훈은 쪽지와 카드를 나에게 건네곤 휭하니 가버린다.

조영훈이 오고 난 찬밥신세였다.

오죽했으면 주방 아주머니가 '팁 먹는 하마' 라고 중얼거렸겠는가.

오랫동안 일할 생각이었는데 아무래도 조만간 그만둬야 할 모양이다.

물건을 사야 할 백화점은 10분 거리. 옷 갈아입기도 귀찮고 해서 터벅터벅 나섰다.

계절은 가을인데 낮은 여전히 여름이다.

인적이 드문 상가 길을 지나 백화점에 도착했다.

길에 없던 사람들이 다 이곳에 있었다.

시원함 때문인지 앉을 만한 곳은 모조리 삼삼오오 얘기를 나누는 사람들의 몫이었다.

에스컬레이터를 타고 식기류 매장으로 올라가자 그나마
한가해 보인다.

"여기 적힌 것 주세요."

"고객님. 10분 정도만 기다려 주시겠어요."

"그러죠."

흔히 나가는 물건이 아닌지 점원은 매장 뒤에 있는 창고로
향한다.

"이곳도 오랜만이네."

준비되는 시간 동안 옆에 있는 등산용품을 보면서 아이쇼
핑을 즐겼다.

어릴 때 등산을 좋아하셨던 아버지와 자주 방문했던 곳이
라 기억이 새롭다.

"저……."

그냥 쇼핑하는 사람이라 생각했다. 하지만 내 주위에서 알
짱거리기에 신경을 썼는데 말을 걸어온다.

"무슨 일이죠?"

"혹시, 박무찬?"

잡지에서 보던 독특한 머리스타일과 유독 반짝이는 귀걸
이를 한 청년이 날 아는 척한다.

기억 속에 있는 인물.

"한경수?"

"그래, 나 경수야! 박무찬 맞지? 살아 있었구나!"

경수는 반갑게 포옹을 한다.

한경수는 중학교 때부터 친하게 지내던 녀석이었는데 고등학교 1학년 때도 같은 반이었다.

당시에는 여리여리하니 계집애 같았던 녀석이 지금은 많이 달라져 있었다.

"네가 납치당했다는 얘기는 들었어. 어떻게 된 거야? 다들 네가 죽었다고 생각했는데 이렇게 멀쩡하다니……."

말도 거의 없었던 녀석인데 수다쟁이가 되어 있었다.

"어쩌다 보니 살아 돌아왔다."

"다행이다, 정말 다행이야."

옛 친구와의 만남은 딱히 별다른 감흥은 없었다.

하지만 이토록 반갑게 얘기하는 녀석을 냉정히 보낼 수 없었기에 위층에 있는 커피숍으로 자리를 옮겨 얘기를 나눈다.

"요즘 뭐하고 지내?"

"6월 쯤 한국에 와서 사회 적응 하고 있다."

"서빙?"

내 옷을 보고 단번에 알아챈다.

"응. Jardin이라고 레스토랑이야."

"거기 알지. 회원제라 두 번인가 간 적 있어."

"가까운 데 있었구나. 집은 아직 거기니?"

"응."

경수는 묻고 나는 답했다.

어린 때와 달리 공통점이 없는 우리의 대화는 곧 화제를 찾지 못하고 소소한 얘기만 주고받았다.

"넌 요즘 뭐해?"

"학교 다니지. 부모님은 유학가라고 난리신데 난 한국이 좋아."

"원하는 과는 갔어?"

한경수는… 아니, 그의 부모님은 그가 법대나 의대를 가기를 바라셨다.

"디자인과로 입학했어."

"원하는 대로 됐구나. 축하한다."

"다 네 덕분이다. 네가 앞에 있으니까 하는 말이지만 내가 실종된 다음 말들이 많았거든. 납치되었다는 둥, 가출했다는 둥. 우리 부모님도 혹시나 내가 가출이라도 할까 봐 결국 포기하시더라."

쓸쓸한 얘기다.

그러나 마치 남의 얘기를 듣는 것 같은 느낌이라 기분이 나쁘진 않았다.

"참, 너 이다혜 기억하지?"

"응."

경수와 마찬가지로 1학년 때 같은 반이었던 여자애. 그 당시 나와 다혜는 사귀는 사이었다.

"네가 실종되었다는 걸 알고 반에서 펑펑 울었어. 한동안 학교도 결석했어."

"그랬어?"

서로 좋아하던 사이었지만 사귄지 고작 2개월도 채 되지 않았던 때였다.

그런데 다혜가 그리 슬퍼했다니…….

"아! 그러지 말고 너 이틀 뒤에 동창회 있는데 나와라. 아는 얼굴이 몇 명 될 테니 어색하지 않을 거야. 다혜도 나온다고 했어."

"글쎄?"

확답은 안했지만 이미 마음속으로는 결정을 내렸다.

어린 시절의 나를 만나러 간다.

8장

찾았다!

　침대에서 일어난 서미혜는 여기저기 흩어진 옷들을 챙긴
다.

　그리고 살짝 눈을 흘기며 말한다.

　"옷을 다 찢을 생각이야?"

　"그럴 리가요. 오늘은 봄바람처럼 부드러웠잖아요?"

　"봄바람?"

　그녀가 두 동강이 난 브라를 내게 던졌다.

　앞에서 여는 브라인 줄은 모르고 한참 헤매다 힘을 줘 끊어
버린 것이 이제야 생각난다.

　"…앞으로 여는 건 줄 알았나, 뭐."

짝!

옷으로 살짝 가린 나체에 손을 뻗다 호되게 맞았다.

"이게 또 얼렁뚱땅 넘기려고. 말했지, 가정부 아주머니가 내 속옷도 감시하고 있을지 모른다고."

"참나, 별걸 다 감시해요. 그냥 잘라요."

"어떻게 짐작만으로 잘라. 그리고 우리 집안에서 오래 일한 분이라 힘들어."

"알았어요. 다음부턴 조심할게요."

순순히 잘못을 인정하자 그녀는 더 이상 말이 없었다.

그리고 샤워실로 향한다.

나의 안전과 그녀의 사생활의 비밀을 위해 서미혜와의 만남은 굉장히 조심스럽게 이루어졌다.

첫 만남이야 그녀의 별장이었으니 문제가 없었지만 서울에서는 아무래도 사람들의 시선을 피할 순 없었다.

그래서 인적이 드물고 사람의 시선이 가급적 없는 곳을 찾았는데 아버지가 성인이 될 날 위해 만들어둔 옥탑방이었다.

내가 상속받은 건물 꼭대기에 위치했고, 지하주차장으로 들어가 별도의 엘리베이터로 올라올 수 있는 곳이었다.

또한 건물에는 스포츠센터와 찜질방, 피부 관리실 등이 있어 서미혜가 드나든다고 해도 이상하게 생각할 사람은 없었다.

서미혜는 병적인 집착증이라고 놀려댔지만 어쩔 수 없는

일이었다.

"아! 속옷 살 때 여러 벌 사면되겠네요. 그래서 여기 여분으로 두는 거죠."

"절대 안 찢는다는 얘기는 안하는군."

"제가 좀 힘이 세잖아요."

더이상 말하기 귀찮다는 듯 손을 흔들며 샤워실 문을 여는 서미혜.

"같이 할까요?"

"……"

멈칫하다 아무 말 없이 샤워실로 들어가는 그녀를 뒤따라간다.

역시 샤워실 문은 닫히지 않았다.

"내일이 동창회야?"

"네."

"첫사랑 만난다고 설레겠네?"

"첫사랑은 중학교 때였습니다. 그리고 2개월 사귄 걸 사랑이라 표현하기엔 좀 그렇지 않나요?"

오랜 샤워를 마치고 야식을 먹으며 대화를 나눴다.

"기간이 중요한 건 아냐."

웃으며 얘기하던 서미혜가 이 부분에서 이상할 정도로 정색을 하며 말한다.

"그럴 수도 있겠죠. 하지만 동창회는 그냥 과거의 나를 만

나고 싶은 것뿐입니다. 그리고 걱정 마세요. 우리 사이가 끝
날 때까진 내 눈엔 당신뿐이니까."

"아부는 잘하네. 어쨌든 재밌게 보내고 와."

아부 때문인지 다시 미소 띤 얼굴의 서미혜.

문득 '서미혜가 이렇게 예뻤었나?' 라는 생각이 든다.

우리가 사귀기 시작한지 한 달이 조금 넘었다.

그래서 점점 얼굴에 익숙해져 그렇게 보일 수도 있었다.

하지만 내가 보는 눈은 좀 다르다.

과거의 얼굴을 한 치의 오차도 없이 머릿속에 그릴 수 있
다.

'뭐가 달라진 거지?'

과거와 지금을 비교해본다.

머리스타일, 표정, 피부, 화장법, 옷차림까지 모든 게 과거
와 달랐다.

그중 가장 크게 바뀐 건 옷차림.

단정한 차림은 마찬가지였지만 치마의 길이는 조금 더 짧
아졌고, 액세서리도 화려해졌다. 또한 옷의 색깔도 더욱 화사
해졌다.

과연 나는?

"갑자기 왜 거울을 봐?"

"그냥요."

나 역시 마찬가지였다. 알게 모르게 난 서미혜에게 잘 보이

기 위해 노력했고, 그런 노력이 나를 변화시켰다.

사랑을 하면 변한다더니 이런 걸 두고 한 말인가?

내가 알아낸 것을 서미혜에겐 말하지 않았다.

말한다 해도 지금은 나의 집착증이라 치부할 것이 분명했다.

"그럼, 또 연락할게."

"네."

가벼운 키스로 작별인사를 했고 그녀를 보낸 후 집을 정리했다.

그리고 조금 전 떠난 서미혜의 향이 남아 있는 엘리베이터를 탔다.

'그러고 보니 요즘 만나는 횟수도 턱없이 많았어.'

한 번 시작된 생각은 끝없이 이어졌다.

*　　　*　　　*

과거의 난 어떤 아이였을까?

부유한 집에서 태어나 티 없이 자란 모범생?

아니다.

어린 시절 어머니를 여의고 그 슬픔을 내색하지 않으려고 밝은 척했다.

그리고 두 누나와 매형들이 간혹 나에게만 들리도록 얘기하는 몹쓸 말들을 못들은 척하며 홀로 그 아픔을 이겨냈다.

이러한 티가 날 더욱 활발하게 행동하게 만들었고, 나서서 다른 이들의 말을 귀 기울이는 아이로 만들었다.

과거의 난 친구들에게 꽤 괜찮다고 인정받는 아이였다고 생각했다.

"잘난 척 짱이었지."

"좀 나대긴 했지만……."

하지만 다른 얘들의 의견은 나와 많이 달랐다.

"그랬나?"

"그래, 새꺄! 내가 몇 번이나 말해주려다 너 상처받을까 봐 말 안 했다."

반갑다며, 다시 보게 되어 기쁘다며 빠르게 마신 술이 앞에 있는 문준이를 취하게 만들지 않았다면 계속 좋은 얘기만 들었을 것이다.

그 말에 '그랬구나' 하고 웃어주고 싶었지만 웃지 못하니 옆에 재식이 눈치를 보며 한마디 한다.

"그 정도는 아니었지. 그래도 무찬이가 있을 땐 우리 반 꽤 편했잖아. 무찬아, 얘가 좀 취했나 보다. 이해해라."

"괜찮아. 지금 웃고 싶은데 안면마비 때문에 그런 것뿐이니 신경 쓰지 마."

"맞아! 자~ 한잔하자."

쨍!

건배를 하고 잔을 비운다.

작지 않은 가게를 가득 채울 만큼 많은 동창생들이었지만 그나마 인사를 하며 지냈던 녀석들은 앞에 두 명과 다른 테이블에 있는 세 명이 다였다.

한경수도, 이미혜도 아직 도착을 안했는데 그나마 앞에 있어주는 녀석들이 고맙다.

"넌 요즘 뭐하냐?"

"나야 군대 가기 전에 실컷 놀고 있지. 제대해도 취업 때문에 걱정이지만 오늘은 잊고 술이나 마실란다."

"난 아르바이트 하다가 오늘부로 그만뒀다."

"웬 아르바이트? 공부는 다시 안하냐?"

"별로. 공부한다고 달라질 것도 없는 인생이라."

"아깝다. 천재라고 소문난 너였는데……. 지금도 늦지 않았으니 열심히 해봐라."

"생각해 보고."

"새끼, 집에 돈이 많으니 그런 소리도 나오는 거야! 없는 우리는 피 터지게 공부해야 하는데 그런 소리가 나오냐?"

문준이가 다시 인상을 쓰며 얘기한다.

"그럴지도 모르지. 내 말 들으니까 열심히 살아야겠다는 생각이 든다. 고맙다."

"지랄……."

내가 순순히 수긍하자 미안한 표정을 지으며 문준은 애꿎은 술을 마신다.

"과거에 내가 어땠는지 모르지만 지금은 그저 사회 적응하기도 힘들다."

"진짜냐?"

"……."

나도 술이 들어간 탓인지 솔직한 마음이 나온다.

"그래. 4년 간 오로지 광석만 캤는데 그게 정상이겠냐?"

"우울한 소리 말고 술이나 마셔!"

결국 문준의 한마디에 신세타령과 같은 하소연을 멈췄다.

"그래, 마시자!"

학교가 학교인지라 대부분이 유복하다고 표현할 정도의 자제들이었다.

하지만 인생이란 모르는 일이다.

남들이 볼 땐 편해 보일지 몰라도 저들 나름 힘든 삶을 살고 있을지 몰랐다.

괜히 나만 죽을 고생했다는 생각을 버려야 할지도 모르겠다.

"늦었다, 미안."

"오! 한경수 왔냐? 동창회장이 이렇게 늦으면 어떻게 하냐?"

"쏘리, 일이 좀 꼬였어. 잘 마시고 있냐?"

내 어깨를 툭 치며 한경수가 옆자리에 앉는다.

조금 전에 들어왔지만 각 테이블을 돌며 인사하느라 벌써 얼굴이 벌겋다.

"술 좀 마시나 보네?"

"동창회장이라는 타이틀을 다니 자연히 늘더라."

내성적이던 한경수는 확실히 변했다.

무엇이 그를 변하게 했는지 몰라도 세월의 힘이라 생각하니 나의 변화에 대해서도 약간의 위로가 된다.

Jardin에서 일하고, 서미혜를 사귀며 변화는 있었다. 하지만 나의 근본적인 문제는 여전하다.

난 내 앞에 있는 이들과 같은 인간으로 느껴지지 않았다.

피에 굶주린 악마, 죄의식을 모르는 짐승, 이 세상에 불필요한 쓰레기.

이것이 나에 대한 객관적인 평가였다.

오히려 이런 평범한 이들보다 악의 종자와 같은 이들을 만나는 게 편했고, 살아 있음을 느꼈다.

사채업자를 처리한 것도, 파라다이스파의 두목을 처리한 것도 차라리 이곳도 내가 편하게 숨 쉴 수 있는 지옥이 있음을 보고자 했던 것일 수 있다.

그러면서도 동창회를 찾은 것은 과거의 나를 봄으로서, 평범한 이들을 봄으로서 내가 그리 악한 존재가 아님을 확인하고 위로 받기 위함인지 모른다.

아이러니다.

내일부터라도 당장 정신과 치료를 받아야겠다.

입구로 한눈에 보기에도 예쁜 아가씨가 들어온다. 그러자 시끄럽던 술집은 일순 조용해진다.

동창생들의 눈동자는 일제히 그 아가씨를 쫓았고, 시선을 받은 그녀는 아는 사람에게 눈인사를 한다.

"어, 다혜 왔다! 다혜야!"

경수는 손을 흔들며 다혜를 불렀다.

다혜는 경수를 향해 반달 모양으로 반갑게 웃다 나를 확인하고 딱딱하게 굳는다.

"쟤, 너 보고 놀랐나보다. 키키!"

"미리 얘기 안했냐?"

"놀랄 일이 있을 거라고는 말해뒀지."

굳은 표정으로 다가온 다혜는 문준과 재식에게 가볍게 인사한 후, 내 옆에 선다.

"난 다른 테이블에 인사 좀 하고 올게."

경수는 능글맞게 웃고는 다혜에게 자리를 양보하고 가버린다.

"오랜만이네."

다혜는 옆자리에 앉으며 담담한 척 인사를 한다.

내가 살아 있는 것에 대한 놀라움?

오랜 만에 만난 친구에 대한 그리움?

그것도 아니면 갑자기 나타난 나에 대한 분노?

다혜의 몸은 가느다랗게 떨리고, 눈동자는 불안함마저 느껴질 정도로 흔들리고 있었다.

"응. 4년 3개월 만인가?"

"잘… 지냈어?"

"오늘만 몇 번째 얘기하는지 모르겠다. 납치되어 4년 간 광산에서 일하다 얼마 전에 탈출해서 한국에 돌아왔어."

"정말 납치였던 거야?"

앞만 보던 다혜의 얼굴이 처음으로 나를 향한다.

이제 알았다.

다혜의 얼굴에 나타난 감정은 반가움과 걱정스러움, 안타까움이 혼재되어 있었다.

아버지 일은 누구에게도 말하지 않았다. 하지만 다혜는 알고 있는 듯했다.

"응. 널 봐서 정말 다행이다. 그리고 고마워."

처음이었다.

난 다혜를 안심시키기 위해 부드럽게 웃음을 짓기를 원했고, 내 얼굴은 그런 의지를 받아 표현한다.

지금 내 표정은 어떤 표정일까?

다만 내 마음을 표현한 표정이길 간절히 바라본다.

"…잠깐."

자리에서 일어난 다혜는 화장실로 달려갔다.

그리고 화장실에서 나온 다혜는 더 이상 내가 있는 자리에 오지 않았다. 여자들이 있는 테이블에 앉아 즐거운 듯 얘기를 나눈다.

"얘기가 많을 줄 알았는데 짧게 끝났네?"

경수 이 녀석은 뭐가 그리 즐거운지 연신 미소를 달고 있다.

"6개월, 아니 정확하게는 4개월 정도 같은 반 친구였는데 뭔 할 얘기가 많다고."

"그런가? 내가 듣기엔 그게 아니었던 것 같은데?"

"무슨 소리야?"

"아냐, 아무것도. 근데 좀 놀랐지?"

"뭐가?"

"알면서 묻는 건 나쁜 짓이에요, 박무찬 학생! 근데, 다혜 정말 예뻐지지 않았냐?"

"고등학교 때도 예뻤지. 나도 한눈에 뿅 갔었다."

재식이 대화에 끼어든다.

"예뻐지면 뭐하냐? 남의 떡인 걸. 쟤 신수호와 사귀잖아."

문준은 거기에 한마디를 더한다.

"신수호?"

난 퍼뜩 그를 기억하지 못했다.

하지만 검색창에 입력된 검색어를 찾는 엔진처럼 내 머리는 신수호와 관련된 기억을 찾는다.

"아! 전교 3등에 갈색의 굵은 뿔테 안경 쓴 그 애 말이지?"

"헐! 대박! 박무찬, 머리 안 죽었구나. 나도 다혜한테 신수
호에 대해 얘기 들었을 때 누군지 몰랐다."

"저 머리로 왜 공부를 안 한다고 지~랄이야."

"문준아!"

문준이 많이 취했다고 느꼈는지 재식은 문준을 데리고 밖
으로 나간다.

"넌 다혜가 신수호와 사귄다니까 이상하지 않냐?"

"뭐가?"

"사실 신수호, 걔 찌질이었잖아? 항상 공부한다고 책상에
콕 박혀 있었고 친구도 없었고. 안 그래?"

예전에 나도 그렇게 생각하고 있었다. 하지만 지금 보니 아
니었다.

"그 당시 안경하고 머리가 좀 이상해서 그렇지 원판은 괜
찮았어. 지금쯤 킹카 소리 들을 만하겠다."

"졌다! 박무찬. 완전 귀신이네. 너 설마 산에 가서 도 닦은
거냐?"

"비슷하지."

내 태도에 경수는 고개를 절레절레 흔들더니 말을 잇는다.

"너 혹시 질투 안 나냐?"

뜬금없는 질문.

"뭐가? 내가 질투해야 하냐?"

"너희 둘 사귀었잖아."

"그건 비밀이었는데 어떻게 알았냐?"

"이번엔 멍청이 모드냐? 그제 말했잖아, 너 실종되고 나서 다혜가 엄청 울었다고. 그쯤 되면 누구나 눈치채는 거 아냐?"

"오래된 과거잖아."

섬에서 다혜에 대해 기억한 적은 한 번밖에 없었다.

전투에서 승리한 후 여자를 고를 때 그때뿐이었다.

아까 다혜의 태도에 없던 죄의식마저 생길 정도로 미안했다.

"오래된 과거라……."

경수는 웃고 있는 다혜를 안타깝게 바라보며 중얼거린다.

"너 아까부터 왜 그래? 할 말 있으면 똑바로 해."

아까부터 거슬리던 경수의 태도에 결국 한마디 던졌다.

그러자 경수는 앞에 놓인 소주를 마시고 그것도 부족해 몇 잔을 더 마신 후 말한다.

"나, 다혜랑 많이 친해."

"그래서?"

"너희 둘의 과거를 들을 만큼."

난 순간 멍해졌다.

다혜가 나와의 일을 경수에게 얘기했다고?

고등학생임에도 난 밤낮없이 뜨거운 남자였고, 내 옆에는 다혜가 있었다.

성에 대해 거리낌도 없었던 난 그녀를 원했고, 그녀는 나를 받아주었다.

사랑했냐고? 모른다.

당시를 지금처럼 기억할 순 있어도 감정까지 느끼진 못한다.

사랑은 모르겠지만 좋아했을 수 있다

그저 원했고 그녀도 원한다고 생각하고 품었다.

그렇다고 이런 얘길 남들에게 주저리주저리 말할 정도는 아니다. 내가 느낀 다혜도 마찬가지라 생각된다.

하지만 만일 아주 친한 동성의 친구에게라면? 죽어버린 인물에 대해서라면?

"너, 설마……."

"그래. 내 생각하는 게 맞아. 한데 지금 그 얘기가 아니잖아! 항상 네 얘기뿐이었다고, 내가 말한 그 과거, 그 짧은 추억을 지난 4년을 넘게 얘기한 애라고!"

누가 들을까 가까이에 소리죽여 외치는 경수의 표정은 분노 그 자체였다.

"휴~ 진정해."

"네 태도에 어떻게 진정해!"

"그럼, 내 말을 잠깐 들어줘. 내가 어떻게 해야 하지? 신수호와 이미 사귄다며? 그건 차지하고라도 다시 사귀자고 할까? 그게 과연 다혜가 원하는 일일까?"

"내 얘긴 그 얘기가 아니잖아!"

남자와 여자의 간격을 경수와도 느껴야 함에 머리가 아팠다.

"말해줘. 내가 원하는 걸."

"이래서 남자들이랑 얘기하기가 싫어!"

"말 돌리지 마. 그리고 똑바로 말해!"

한동안 움직이지 않던 분노 한 방울이 튀어 오른다.

그토록 날 생각해준 다혜에 대한 미안함을 풀고 싶었다.

열쇠를 쥐고 있는 건 말이 통하지 않는 남자 모습의 여자, 한경수였다.

"……!"

뱀 앞의 개구리처럼 공포에 빠진 경수는 몸을 부들부들 떨며 말을 하지 못한다.

그 모습을 보고 내가 무슨 짓을 한지 깨닫고는 살기를 풀었다.

"엄한 너한테 화를 풀려 하다니 미안하다. 하지만 잠깐이라도 좋으니 내 말을 들어주라."

"…말 해."

"네 눈에는 내가 정상적으로 보일지 모르지만 4년 간 지옥과 같은 곳에서 보낸 내가 정상적일 수가 없어. 그곳은 사람의 감정을 가질 만한 곳이 아니었으니까."

"……."

"언제 죽을지 모르는 그곳에서 생각할 수 있는 건 단 하나, '살아야 한다'는 것뿐이었다. 그러니 나에겐 설명이 필요해. 오늘 이곳에 온 것도 사실 과거의 너희들을 봄으로써 느끼고 싶은 게 있어서야. 그러니 차분하게 얘기해 줘. 부탁이다."

진심을 담아 말했다.

최면으로 듣고 싶은 걸 들을 수도 있었다. 하지만 적을 심문하는 자리가 아니었다.

"…미안. 내가 너무 감정적이었어."

"다혜를 위한 행동이었다는 거 알고 있어."

"맞아. 다혜는… 널 많이 그리워했어. 그냥 헤어진 사이였다면 금방 잊어버렸을 텐데 첫사랑인 네가 죽었다고 생각하자. 화인처럼 가슴에 남은 모양이야. 크~"

술을 한 잔 마신 그는 다시 다혜를 흘깃 보고 말을 한다.

"오늘 너랑 많은 얘기를 하길 바랐어. 그래서 그 화인이 사라지길 바랐고. 쉽게 사라지진 않겠지. 하지만 네가 살아 돌아왔고 옆에 수호도 있으니 좋은 기회라고 생각해서 나오지 않는다는 그녀를 설득했지."

"이제 없어지겠지."

"그러길 바란다. 그동안 참 많이 아파했거든. 다혜에게 들은 얘기가 있어서 너도 다혜만큼 그녀를 생각할 거라 믿었는데……."

경수는 말을 흐리며 다시 소주잔을 든다.

"조금 전 내 말을 듣고 믿음이 깨져서 나도 모르게 널 몰아붙였어. 다시 사과할게."

"아냐. 내가 오래된 과거일 뿐이라고 말한 이유는 다른 게 아니었어. 내가 지금도 다혜를 좋아하는 마음을 가진다고 해도 밝혀선 안 되는 거잖아. 그건 묻어야 해. 내가 말한 것처럼 지금 그녀의 옆에 있는 사람은 신수호야."

"그래. 나 도대체 무슨 생각을 한 거니? 미쳤나봐."

자책하며 머리를 콩콩 때리는 경수의 모습이 우습다.

"다혜는 좋겠다. 너 같은 친구를 둬서."

"은근히 비꼬는 것 같은데?"

"지랄……. 한잔해!"

"그래. 마시자!"

경수는 쌓인 감정을 조금 털어냈는지 아까처럼 미소를 지으며 얘기한다.

"좀 전에 너 정말 무섭더라. 심장이 멈추는 줄 알았다."

"4년 간 아득바득 살아왔으니 당연하지. 근데 신수호에 대해 얘기 좀 해봐."

"왜? 이제 생각하니 아까워?"

"글쎄, 그런가? 그보다 좀 알아야 다혜랑 얘기할 때 더 자연스럽지 않겠어?"

"오! 기특한 생각이네. 신수호가 다혜에게 무척 잘한다는

걸 제외하곤 그에 대해선 나도 잘 몰라. 다혜가 말을 잘 안 하
거든. 고등학교 졸업하고 집안끼리 얘기가 있었나봐."

"뭐야, 사귄 게 아니고?"

"응. 수호네 집안에서 적극적으로 다혜를 원했나봐. 그때
부터 사귀는 걸로 정해진 거지. 근데 그렇게 시작했어도 신수
호가 다혜에게 지극정성이야. 분명 오늘도 차로 모시러 올 거
야."

"좋은 사람이라니 다행이네."

"응. 근데 넌 여자 친구 없어?"

"없어."

서미혜와는 공식적인 사이가 될 수 없었다.

"그럼, 나는 어때?"

"넌 이미 친구잖아. 좀 헷갈리긴 하지만."

"키키키키! 멋지게 빠져나가네."

"어쨌든 나중에 다혜랑 시간 좀 만들어줘. 사과하고 싶거
든."

"사과는 하지 마. 그냥 얘기만 하고, 얘기만 들어줘."

"그렇게."

이해되지 않는 말이지만 같은(?) 여자의 말을 듣는 게 나을
성 싶다.

"쟤 신수호 아니냐?"

입구로 들어오는 남자는 기억에 남아 있는 신수호와 약간

바뀌었을 뿐 똑같았다. 다만 그때완 비교가 안 될 정도로 세련된 모습이다.

"응. 맞네. 신수호! 신수호!"

경수가 몇 번 불렀지만 그의 귀엔 들리지 않는 모양이다.

그의 시선은 오로지 다혜에게 가 있었다.

"약간 팔불출이네."

"네가 보기에도 약간 그렇지. 남의 눈은 신경도 안 쓴다니까. 인사나 해. 어쨌든 옛 여자 친구의 새 남자 친구니까."

"크크! 그래 그러자."

다혜도 신수호를 봤는지 걸어 나온다.

"신수호, 니 눈에는 다혜밖에 안 보이지?"

"한경수, 넌 줄 알았다."

"무슨 말이야?"

"다혜가 이런 곳에 오면 기분이 좋지 않다는 걸 뻔히 알면서도 불렀냐?"

"하여간 다혜 일이라면……. 앞으로 가슴 아플 일 없을 테니 너도 제발 동창회에 참석해라."

"가슴 아플 일이 없다니?"

"누가 왔는지 보라고. 짜잔!"

경수의 행동에 보조를 맞췄다.

다혜에게 잘해준다는 그에게 약간의 호감도 있어 한 행동이었다.

"안녕, 신수호."

"……!"

"1학년 때 같은 반 박무찬 기억하지?"

"…너, 넌. 어, 어떻게……."

확장된 동공과 거칠어지는 숨소리, 마치 귀신을 본 듯이 뒷걸음을 걷는 신수호.

오늘 여기서 날 본 동창들의 행동엔 공통점이 있었다. 죽은 줄 알았던 녀석이 살아 왔다는 것에 약간 놀람, 기쁨 그리고 어떻게 된 일인지에 대한 궁금증.

하지만 신수호는 달랐다.

죽음을 확신한 자가 나타난 것에 대한 현실 부정, 무언가에 대한 공포였다.

"수호야, 왜 그래?"

"아, 아무것도 아냐. 너, 너무 갑작스러워서."

"웬 식은땀을 이렇게 흘려?"

"다, 다혜야, 가자!"

신수호는 걱정하는 다혜의 손을 잡고 끌다시피 술집 문을 벗어나려 했다.

"야! 신수호, 너……."

난 신수호를 부르는 경수의 손을 잡았다.

"놔둬."

"이상한 놈이긴 해도 이렇게까지 이상한 놈은 아니었는데.

니가 이해해라."

난 신수호에게서 눈을 떼지 않은 채 고개를 끄덕였다.

다혜에게 기댄 채 흘낏 뒤돌아보던 신수호는 나를 보곤 화들짝 놀라며 고개를 돌린다.

찾았다!

가라앉았던 분노가 거칠 것 없이 솟구쳐 오른다. 주변에 영문도 모르는 동창들이 알 수 없는 오싹함에 몸을 떨었지만 개의치 않았다.

그리고 그토록 짓기 어려웠던 미소가 찢어질 듯 열린다.

창문에 흐리게 비치는 내 모습은 완벽한 미소를 짓고 있었다.

세상에서 가장 잔인한 미소였다.

드디어 내 4년의 원흉을 찾았다!

9장

준비

신수호의 살가죽을 벗기고 소금물에 담근다. 그리고 죽지 않게 혈도를 막아가며 천천히 복어회보다 얇게 살을 바른다.

그리고…….

잠을 자지 못했다.

밤새도록 신수호를 죽인다. 죽이면 다시 살려 새로운 방법으로 다시 죽인다.

당장에라도 놈의 집으로 가 상상 속에서 행하던 일을 행하고 싶은 걸 겨우 참는다.

우니에게 아침을 차려주면서도, 서미혜의 메시지에 답을 하면서도 상상은 계속되었다.

하지만 어떤 상상을 하든 내 복수의 10분의 1도 해결되지 않았다.

이번엔 어떻게 해야 효과적인 복수가 될지를 생각했다.

그리고 결론을 내렸다.

죽어서가 아니라 살아서 지옥을 경험하게 만들겠노라고.

당장 죽일 수도 있었다. 하지만 살려둘 것이다.

행복한 것을 하나씩 없애고 가진 것을 모두 뺏을 것이다. 그리고 모든 것을 잃었다고 생각할 때 또 다른 절망에 빠뜨릴 것이다.

온몸이 차갑게 식었다. 머리는 얼음의 땅보다 차가워졌다.

경수에게 전화를 걸었다.

"언제쯤 다혜와 만날 수 있을까?"

복수는 시작되었다.

*   *   *

다혜와의 만남은 쉽게 이루어지지 않았다. 내 전화를 받고 경수가 자리를 마련하려 했지만 다혜가 거절했다는 것이다.

급할 것은 없었기에 서미혜와의 약속을 위해 집을 나섰다.

"이틀에 한 번씩 만나면 회사 일은 언제 하는 겁니까?"

엘리베이터를 타고 올라가 문을 열자 서미혜는 이미 와 있었다.

"기본적인 건 장 부장이 하고 난 결정만 하면 되니까, 꽤 한
가해. 진즉에 이렇게 할 걸 얼마나 후회되는지 몰라."

다가가 가볍게 포옹을 하며 입맞춤을 한 후 자리에 앉았다.

샤워를 이미 했는지 향긋한 육향이 코를 자극했지만 오늘
은 이야기가 먼저였다.

"항상 서두르던 애가 웬일이야?"

"동창회에 갔다 온 얘기 듣고 싶어 온 것 아니에요?"

"굳이 듣고 싶은 건 아냐."

서미혜는 별일 아니라는 듯 말했지만 어서 말하라는 표정
이 역력했다.

난 서미혜와의 만나면서 그녀에 대해 꽤 많은 것을 알게 되
었다.

먼저, 그녀가 나와 계약 연예를 시작한 건 약혼자의 실생활
을 알아본 후 그에 대한 반작용에 가까웠다. 그리고 연애에
대해 경험이 많은 것처럼 얘기하지만 내 중, 고등학교 때의
경험보다 적었음에 틀림없다.

별장에서 만난 이후로 일주일 뒤에 다시 만났다.

그리고 그 뒤론 사일, 삼일, 최근엔 이틀에 한 번 꼴로 만나
고 있다.

서미혜는 지금 모르고 있었다.

자신이 이미 사랑에 빠진 여자처럼 행동하고 있다는 걸.

"동창회에 가서 고등학교 때 사귀던 여자 친구를 만났습니다."

"그랬어?"

"난 이미 잊었는데 그 앤 헤어지자는 말을 듣지 못한 상태에서 내가 죽었다고 생각해서인지 꽤 힘들었나 봐요."

"그럴 수도 있겠다. 아무래도 여잔 비극적 사랑에 대해 잊지 못하거든."

"한데 중요한 건 그게 아니더군요."

"왜, 다시 사귀재?"

"아뇨. 그 얘기가 아니라 그곳에서 원수를 만났습니다."

"원수?"

"제가 납치당했다고 말했었죠?"

"응. 가만… 내 말은 납치를 사주한 사람이 있고, 그 사람이 네 동창 중에 있었다고?"

"미혜 씨는 역시 머리가 좋군요. 맞습니다. 상상도 못할 곳에서 만난 거죠."

서미혜와 관계가 깊어질 것 같으면 미련 없이 헤어질 생각이었다.

그녀는 어떻게 생각 할지 모르지만 내겐 그냥 무료한 날에 즐거움 정도였다.

하지만 이제는 달라졌다.

그녀가 헤어져 달라고 할 때까지 최대한 만남을 유지할 생각이다.

서미혜의 배경을 생각하면 복수를 돕는 한 축이 될 수 있었다.

"도대체 왜? 왜 그랬대?"

"모르죠. 그래서 이제 알아보려고요."

"나쁜 놈! 그런 놈은 용서하면 안 돼."

"맞아요. 그래서 미혜 씨의 도움이 필요합니다."

"얼마든지 내가 사람이라도 사서 복수해 줄게."

마치 자기 일처럼 흥분한다.

"아뇨. 그냥 알아만 봐주세요. 꽤 대단한 집안이라고 하던데 심부름센터보다는 미혜 씨가 훨씬 잘 알고 있을 테니까요."

"말만 해. 그 집 숟가락 개수까지 알아봐 줄게."

"홍산그룹의 신수호, PA그룹의 이다혜. 이 두 사람이에요."

"신수호?"

"아는 애입니까?"

"들어본 적 있어. …내 약혼자가 홍산그룹의 신세호거든. 그의 사촌 동생 중 한 명이 신수호일 거야."

인연이라는 게 참으로 우습다. 이런 식으로 이어질 것이라곤 상상도 하지 못했다.

"음… 방금 전까지 제가 했던 말은 잊어요. 그냥 스스로 알아보겠습니다."

"아냐, 해줄게."

"미혜 씨를 곤란하게 만들고 싶지 않아요."

"곤란할 게 뭐 있어. 말했잖아, 필요에 의해 결혼하는 것뿐이라고. 필요가 없어지면 나야 더 좋지."

서미혜에게 가장 마음이 드는 부분이 바로 지금과 같은 부분이다.

필요 여부에 따라 자신의 입장이 바뀐다는 것.

나 역시 필요가 없어지면 버려지겠지만 반대로 생각하면 내가 계속 필요한 사람으로 남으면 된다는 것이다.

"고맙습니다."

내 손은 그녀의 허리를 감싸고 입술은 천천히 그녀의 붉은 입술로 다가간다.

단전에서 나온 기가 손에 머물며 움직임에 따라 서미혜의 온몸 구석구석을 자극하고 데운다.

"아~ 아~ 하윽!"

"사랑합니다."

서미혜의 귀에 속삭인다.

그녀에게 처음으로 말하는 사랑 고백.

진심일까?

글쎄 모르겠다. 지금 내겐 필요한 그녀다.

애무를 멈추지 않은 채 그녀를 들고 침실로 향했다.

　　　　　*　　　　　*　　　　　*

　신수호는 어제 제정신이 아니었다.

　이다혜를 어떻게 집에 데려다 줬는지조차 기억이 나질 않
았다.

　"어떻게 살아 있는 거지, 어떻게……."

　자신의 방을 거닐며 끝임 없이 같은 말을 반복했다.

　이미 고등학교 1학년 때 사라진 습관인 손톱 물어뜯기를
무의식중에 하고 있었다.

　"분명 죽었다고 했는데, 설마……? 아냐. 삼촌이 거짓말을
했을 리 없어."

　머릿속은 마치 엉클어진 실타래처럼 복잡했다.

　그리고 어제 박무찬의 눈빛이 떠오른다. 마지막에 흘깃 봤
을 때 웃고 있었다.

　무서움에 금세 고개를 돌리고 도망치듯 나왔지만 그 모습
이 지워지지 않는다.

　"내가 시켰다는 걸 알 리가 없어. 맞아. 그냥 내 모습이 우
스꽝스러워 웃었던 것뿐이야. 아냐……. 뭔가를 아는 눈빛이
었어. 근데 그럴 리가 없잖아?"

　그는 정상적인 사고를 할 수가 없었다.

　"다혜는……?"

이다혜를 생각하자 걸음이 멈춰졌다.

"이제는 내거야. 놈이 아무리 발악한다고 해도 이젠 내꺼라고!"

—와장창!

혼란스러운 모습은 오간 데 없고 광기에 휩싸여 주변의 걸리는 물건들을 내동댕이친다.

이다혜를 처음 본 것은 고등학교 입학식 때였다.

우연히 대각선 앞자리에 있는 그녀를 본 순간, 그가 알고 있던 세계는 사라지고 오로지 그녀만이 존재하는 특이한 경험을 하게 되었다.

예쁘다는 여자들을 많이 봤었다.

연예인들이 그의 생일에 초대되어 노래를 불렀고, 사회도 봤으니까.

하지만 이다혜는 그런 존재들과 달랐다. 빛이었고, 우상이었다.

한데 그 빛을 어둡게 만들고 우상을 더럽히는 놈이 나타났다.

박무찬, 그는 신수호에겐 악마와 같은 놈이었다. 자신만 봐야 할 눈이, 자신을 향해야 할 미소와 웃음이 놈을 향했다.

얼굴만 반반하고 공부에는 관심 없는 놈의 콧대를 꺾을 방법이 있었다.

밤낮없이 공부를 했다. 그러나 중간고사 결과는 믿을 수 없게 나왔고 신수호는 더욱 박무찬을 증오하기 시작했다.

그리고 그와 그녀가 함께 어디론가 가는 모습을 목격하는 순간 신수호의 뇌의 일부가 타버렸다.

집안의 잡다한 일을 처리해 주던 삼촌이라는 인물이 생각났고 그에게 한 가지를 부탁했다.

박무찬을 이 세상에서 지워달라고.

아무 일도 아니라는 듯 삼촌은 승낙했고, 얼마 뒤 박무찬은 사라졌다.

이다혜가 울고 있을 때 그는 웃고 있었다.

누군가가 다시 그녀를 더럽히려 한다면 언제든 처리할 수 있게 된 신수호는 빛이, 우상이 자신의 것이 되길 기다렸다.

그리고 그런 그녀에게 다가갈 수 있는 사람이 되기 위해 노력했다.

고등학교를 졸업하고 부모님이 원하는 한국 최고의 대학에 들어가자 신수호는 다혜를 자신의 것으로 만들 자신이 생겼다.

하지만 쉽지 않았다. 같은 학교에 학생과 고교 동창생임을 내세워 접근했지만 박무찬의 그림자는 여전히 그를 괴롭혔다.

마침내 가문의 힘까지 이용해 작년부터 그녀와 사귀게 되었다.

그리고 마음을 다한 노력 덕분인지 점점 빗장을 풀려는 이

때 다시 방해꾼이 생긴 것이다.

"안 돼!"

다혜를 잃는다는 상상만으로도 당장 놈을 죽이고 싶었다.

엉킨 실타래는 하나로 뭉쳐 놈을 죽여야 한다는 생각으로
변해갔다.

"그래, 삼촌이 있었어. 삼촌에게 전화를 해야겠어. 지난번
처럼 해결해 주실 거야."

신수호는 핸드폰을 꺼내 주소록을 뒤졌다.

'힘센 삼촌'이라 적힌 글을 보고 통화 버튼을 눌렀다.

―어이, 조카 오늘은 무슨 일이지?

자주는 아니지만 간혹 통화를 하고 부탁을 했기에 삼촌이
라는 이의 목소리는 밝았다.

"삼촌. 그 놈이 살아 있어요."

신수호는 앞뒤 말을 자르고 본론부터 얘기한다.

―그게 무슨 말이야?

"그 놈 있잖아요, 그 놈! 4년 전에……."

―조카! 내가 얘기했잖아. 그런 얘기는 전화로 하는 게 아
니라고.

정색하는 목소리에 신수호는 비로소 자신의 실수를 눈치
챘다.

"미안해요. 지금 찾아갈게요."

―우리 사이에 미안하다는 얘기는 필요 없지. 지금 미네르

바 호텔에 있으니 커피숍에서 만나자.

"네. 지금 갈게요."

신수호는 전화를 끊고 미네르바 호텔로 향했다.

*　　*　　*

서울 강남의 알토란 같은 지역을 장악하고 있는 찬구파의 두목 장찬구는 조카라 부르는 신수호의 전화를 끊고 침대에서 하던 일을 마저 끝냈다.

"마음에 드는 백이라도 하나 사라."

"고맙습니다."

장찬구는 어려 보이는 얼굴에 비해 쭉빵한 몸매를 가진 아가씨가 마음에 들었다. 그래서 화대를 지불할 필요가 없었지만 돈을 챙겨준다.

"나중에 TV에 나온다고 튕기지 말고 부르면 와라."

"…네."

가슴을 한 번 더 주무르며 아쉬움을 달랜 그는 결국 시간에 쫓겨 침대에서 일어난다.

"사장님, 즐거우셨습니까?"

방문을 나서자 문을 지키고 있던 조직원 중 한 명이 정중히 인사를 한다.

최근 정찬구가 가장 신뢰하는 조직의 새로운 임원인 금필영이었다.

찬구파가 외부적으로는 기업인 척을 하다보니 조직의 구성도 여느 회사와 비슷했다.

그와 함께 조직을 일군 몇몇은 임원이라고 불렀는데 금필영은 조직에 들어온 지 얼마 되지 않아 임원에 오른 이었다.

"덕분에 좋았다. 안에 있는 애 잘 키워 봐라."

"알겠습니다."

덩치가 왜소한 금필영의 어깨를 몇 번 두드려 치하를 한 그는 커피숍으로 갔다.

신수호는 벌써 와 있었다.

"조카 벌써 와 있었군."

"삼촌, 잘 지내셨어요?"

"나야 항상 그렇지. 근데 아까 한 얘기를 들어볼까?"

미네르바 호텔은 정찬구의 것이었다.

그래서 아무런 거리낌 없이 일 얘기를 할 수 있는 곳이기도 했다.

"4년 전 제가 부탁했던 그 놈 기억나시죠?"

"기억하지. 감히 조카의 여자를 넘본 놈 아닌가."

정찬구는 흥산그룹의 일을 도맡아 수많은 일을 했다. 그래서 웬만한 일은 기억도 하지 못하지만 고등학생인 신수호가 살인 청부를 한 일은 워낙 뜻밖의 일이라 또렷이 기억하고 있었다.

"그놈이 살아 있어요."

"뭐? 말도 안 되는 소리……."

"제 눈으로 똑똑히 확인했어요. 분명 박무찬 그놈이었어요."

"잠시만."

신수호의 말을 끊고 그때 그 일에 대해 생각해 보았다.

청부살인 의뢰가 들어오면 먼저 조직원을 이용할지, 다른 조직을 이용할지를 결정한다.

그다음 그 대상을 실종으로 처리되게 만들 것인지, 사고사로 처리할 것이지, 신입 조직원을 이용한 우발적 살인으로 만들 것인지를 결정한다.

'그 때 누구를 이용했더라?'

조직폭력배에서 사업가로 변신하던 때라 조직이 직접 하기엔 위험부담이 컸었다.

그래서 한참 한국에 들어오던 중국인 범죄자들을 이용하기로 했던 것이 기억났다.

'망할 놈의 짱개 새끼들. 일처리를 그따위로 하다니.'

따지는 건 나중 일이었다. 일단은 눈앞의 신수호를 안심시키는 게 우선이었다.

아직 힘없는 신수호지만 그가 집안에서 듣는 정보는 꽤 가치가 높았다.

"아무래도 일을 시킨 짱개 놈들이 뒤로 수작을 부린 모양이다."

"어떻게 하죠?"

"뭘 어떻게 해, 다시 확실히 없애야지. 대신 시간이 좀 걸릴 게다. 실종되었다가 나타난 놈이 다시 죽어버리면 경찰이 의심할 테니. 넌 아무 걱정 말고 기다려라."

"부탁드려요, 삼촌."

"하하하하! 걱정 마라. 대신 조카는 그놈과의 접점을 절대 만들지 말고 그냥 무시해. 처리될 때까진 모른 척하는 게 좋을 거다."

"…네."

신수호는 정찬구의 말이 맞음을 알았지만 다혜를 생각하면 좀처럼 진정이 되지 않았다.

그래서 최대한 삼촌이 일을 빨리 끝내줬으면 하는 간절한 눈빛을 보낸다.

"조급해 하지 마라. 대신 오늘부터 놈에게 감시를 붙여 엉뚱한 생각은 못하게 하마."

"그래 주시겠어요?"

"물론이지. 내 잘못도 있으니……. 그건 그렇고 이왕 이곳까지 왔으니 놀다가거라. 삼촌이 예쁜 아가씨로 붙여주마."

"…괜찮아요."

"허어~ 나중에 조카며느리 맞이할 때를 대비해 준비도 해야지."

정찬구는 신수호가 이다혜에게 하는 양이 마음에 안 들었
지만 그건 자신의 일이 아니었다.

금필영에게 전화를 걸어 지시를 하자 얼마 되지 않아 고운
아가씨가 들어왔고, 둘을 놔두고 그는 밖으로 나왔다.

"학주에게 연락해라. 시켜야 할 일이 있다."

"예! 사장님."

정찬구는 조직의 3인자로 머리 역할을 하는 손학주를 박무
찬에게 붙일 생각이었다.

손학주에게 한마디만 해두면 알아서 잘 해결할 것이다.

*   *   *

대학을 가기로 했다.

공부를 위한 대학이 아니라 학연을 이용하기 위해 선택하
다보니 아무래도 대한, 온세, 고구려 이 세 대학 중 한곳은 입
학을 해야 했다.

8월에 이미 대입검정고시 끝나서 내년에나 시험을 봐야겠
다고 생각했는데…….

이게 웬걸, 난 고등학교 졸업장이 있었다.

모교였던 고등학교에서 명예 졸업자로 졸업장을 수여한
것이다.

난 삼촌에게 대학 입학이 가능한 지 여부를 물었고 삼촌은 가능하다고 연락을 해주었다.

"수능 보려고요?"

"응. 한번 해볼까 해."

"……."

왜 그런 표정을 짓는 거지, 우니야.

"알아. 그냥 시험 삼아 볼 생각이야."

"어디에 지원할 거예요?"

"대한, 온세, 고구려 셋 중 하나. 가급적 대한대학교에 입학했으면 좋겠지만 2달밖에 안 남아서 가능할지 모르겠다."

"불가능할 거예요."

"…그리 확신은 하지 마라. 기운 빠진다. 줄 거야, 말 거야?"

"방에 있으니 알아서 보세요."

우니에게 요약노트를 보여 달라고 했더니 용기는커녕 기운부터 뺀다.

고등학교 1학년 때 난 이미 2학년 과정을 선행 학습으로 인해 다 알고 있었다. 하지만 시험은 기억만 있다고 해서 되는 게 아니었다.

한 문제 풀 때마다 기억을 더듬는다면 시험문제를 다 풀려면 며칠은 걸릴 것이다.

정해진 시간 안에 정해진 문제를 정확하게 풀어야 했다.

그렇게 되려면 기억된 정보를 얼마만큼 빨리 끄집어내느냐가 관건이었다.

이건 오로지 훈련을 통해서만 가능했다.

"여자 방이라 이건가?"

우니의 방은 처음 그녀가 이사 올 때 가구를 배치한다고 들어와 보곤 처음이었다.

깔끔했다.

꾸몄다는 느낌은 전혀 없었고 나름 아기자기한 구석은 있었다.

책상위에 놓인 사진을 보고 시선이 멈췄다. 그곳엔 젊어 보이는 고 선생님과 어린 우니가 행복하게 웃고 있었다.

한참을 쳐다보다 책상에 꽂힌 노트들을 훑어보았다.

우니가 그 고생을 하면서도 성적이 우수했던 이유를 알 수 있었다.

중학교 때부터 고등학교 3학년 때까지의 내용이 체계적으로 정리되어 있었다. 색색의 형광펜으로 특히 중요한 부분을 강조해 뒀고, 과목별로 그 과목에 맞는 방법으로 체계화 시켰다.

왕창 뽑아서 다 들고 거실로 나왔다.

두 번을 더 왔다 갔다 한 후에야 정리 노트를 모두 가져올 수 있었다.

"그걸 언제 다 보려고요?"

"지금부터."

"…열심히 하세요. 휴~"

마지막 한숨 소리에 울컥했지만 우니로서는 당연한 행동이었기에 넘어가기로 했다.

가장 먼저 내게 가장 익숙한 중학교 1학년 과정을 정리해 둔 영어 노트를 잡았다.

섬의 공용어는 영어였다. 조기교육 덕분에 영어로 회화가 가능했고 4년 내내 영어로 살다보니 가장 쉽게 여겨진다.

팔락팔락! 팔락팔락!

페이지 넘어가는 소리만 거실을 채운다.

금세 중학교 2학년 과정의 노트를 잡았다. 그리고 다시 집중.

저녁을 먹고 난 후 시작한 영어 요약 노트 보기는 2시간 만에 끝이 났다.

"설마 그걸 다본 거예요?"

"그냥 훑은 거야. 영어는 원래 잘하거든."

"네네~ 간식 좀 챙겨 줄까요?"

"그럼 고맙지. 단 거 좀 부탁해."

우니도 수험생이지만 어느 대학 의과대학을 갈 수 있을 정도로 성적은 충분했다. 그래서 챙겨 주겠다는 그녀의 말을 굳이 거부하지 않았다.

다음은 수학.

내가 지원할 과는 문과라 수학 요약 노트의 일부는 필요가 없었다.

수학은 훑어보는데 8시간이 걸렸다. 말 그대로 과정을 훑는 정도 본격적으로 공부를 시작하면 꽤 많은 시간이 걸릴 것이다.

3일 간 우니가 정리해둔 정리 노트를 모두 보았다.

거실에 앉아 오로지 먹고 싸면서 이룬 성과였다. 그리고 잠과 현실의 경계에서 그 내용들을 되뇌었다.

우니에게는 훑어봤다고 얘기했지만 자가 최면을 통해 언제든지 책을 그대로 베낄 수 있는 수준이었다.

자료를 준비했다는 서미혜가 점심시간을 이용해 만나자고 해 사흘 만에 집을 나섰다.

약속 시간보다 일찍 나왔는데 서점에 들러 문제집을 주문할 생각이다.

이젠 본격적으로 기억을 빠르게 사용할 수 있는 수련을 해야 했다.

'감시자!'

집에서 나와 100m 정도 걸었을 때 누군가 날 쫓고 있다는 걸 알았다.

선팅이 짙게 된 승용차와 세 명의 사내. 살기를 쓸데없이 흘리는 걸보니 전문가는 아니었다.

잠깐 고민을 했다.

하지만 아직은 때가 아니었다.

택시를 타고 대형서점으로 갔다. 그리고 책을 고르고 택배를 부탁한 후, 감시자들의 눈을 피해 그곳을 빠져나왔다.

"얼굴이 상했네?"

"안 하던 공부를 했더니 그런가 보네요."

"수능 보려고?"

"네. 자료는요?"

"여기."

쇼핑백에 담긴 자료는 백과사전 정도의 두께였다.

"정말 철저히 조사했군요?"

"기본이지. 집에서 내부적으로 조사한 내용에 내가 조사한 내용을 더했어."

서미혜가 준 자료는 집안의 가계도를 시작으로 그들과 연관된 사람들을 팔촌까지 정리되어 있었고, 또 세부적으로 각 인물들에 대해 그들의 재산 정도, 성격, 운영하는 회사의 재정 상태도 적혀 있었다.

"방계인 신수호도 꽤 재산이 많군요."

"그 애 엄마가 무남독녀로 꽤 큰 회사를 물려받았지."

"그러고 보니 홍산그룹, 좀 웃기는 집안이네요."

"뭐가?"

다 훑어본 서류를 덮으면 말했다.

"직계고, 방계고 남자는 꽤 많은 재산을 상속받은 여자들과 결혼했네요. 여자들은 정계, 법조계, 의료계, 금융계 인물들과 결혼했고요."

"그랬어? 나도 몰랐네. 잠깐 줘봐."

"미혜 씨도 재산이 꽤 되나 보군요. 홍산그룹에서 청혼을 받았으니."

"……."

가계도를 살피는 서미혜의 얼굴은 조금 찡그려져 있었다.

따지고 들면 대한민국을 좌지우지한다는 재벌기업들은 대부분 친척들이다. 한곳과 싸우게 된다면 모두를 적으로 만들 수도 있었다.

물론, 형제끼리 재산을 위해 개싸움을 하는 삭막한 곳이기도 하니 불가능한 것만은 아니었다.

"이거 왠지 기분이 별로네. 쩝!"

서류를 다 본 그녀는 입맛을 다셨다.

"그래도 서로가 이익이 되니 한 약혼이잖아요."

"서류를 보고 나니 왠지 손해 보는 느낌이야."

"크크크! 그럼 좀 더 챙겨 달라고 해보세요. 어차피 거래는 동등해야죠."

"이 얘긴 그만하자. 기분 나빠."

"그래요. 그리고 한동안 이곳 말고 다른 곳에서 만나야겠어요."

"무슨 일 있어?"

"네. 미행이 붙었습니다."

"누가?"

"신수호 쪽이겠죠. 미혜 씨와 연관이 없다고 해도 둘이 사귄다는 걸 알면 신수호는 약혼자에게 말하겠죠. 미혜 씨가 약점을 잡힐 수도 있습니다."

"상관없어. 내가 잡은 약점은 넘쳐나니까."

"음, 제 얘기 오해하지 말고 들어요. 날 노리는 놈들이 혹 과격하게 나오면 미혜 씨가 다칠 수 있습니다. …우리, 여기서 그만할까요?"

헤어질 생각은 없었다. 그저 떠보는 것뿐이다.

전쟁에 앞서 내 주변 사람을—그래 봐야 지금은 서미혜뿐이다— 먼저 내편인지 아닌지를 확인해야 했다.

"…싫어! 그런 이유 때문이라면 인정할 수 없어!"

"제 말은……."

"듣기 싫어! 아무리 계약이라지만 그래도 이건 아냐!"

딱딱하게 굳은 서미혜는 정색을 하며 말한다.

이 정도의 반응일지는 생각도 못했다.

이러다 역효과가 날까 싶어 바로 꼬리를 내리고 그녀를 달랜다.

"그런 말을 해서 미안합니다. 단지 미혜 씨가 걱정 돼서 한 말이라는 알죠?"

난 그녀를 꼬옥 안고 말했다.

아무 말 없이 씩씩대는 그녀는 날 밀치려 했지만 미는 힘은
약했다.

그렇게 좀 더 있자 화가 풀렸는지 말을 한다.

"앞으로 농담이라도 그런 말 하지 마……."

"알았어요."

등을 쓰다듬으며 토닥거리자 잔뜩 긴장되어 있던 서미혜
의 몸이 풀리는 게 느껴진다.

"그나저나 새로운 장소를 찾을 때까진 만남을 뒤로 미뤄야
겠네요."

주제를 바꿨다.

"그건 내가 알아볼게."

"그래요. 대신 미혜 씨와 연관 없는 곳이면 좋겠군요."

"그건 걱정 마. 한데 미행은 어쩌려고."

"걱정 말아요. 제가 존재감이 없잖아요. 오늘 미행하는 녀
석들, 꽤 혼나고 있을 걸요."

"호호호! 무찬인 재주도 많아."

"근데 이제 회사에 가봐야 되지 않아요?"

점심시간은 이미 지나 있었다.

"괜찮아. 오늘은 외국에서 온 손님과 저녁에 만나기로 했
거든."

서미혜의 눈에 뜨거운 열기가 번진다.
"그럼 다른 재주를 보여드려야겠군요."
가을이었지만 방 안은 곧 여름처럼 뜨거워졌다.

세상 모든 남녀가 지닌 재주였다.

10장

시작

다혜와의 만남은 쉽지 않았다.

경수의 말에 따르면 죽은 자에 대한 4년 간의 그리움이 미움으로 바뀌었다나 뭐라나.

하여간 내 얼굴을 보기 싫다고 딱 잘라 거절했단다.

그렇다고 포기할 수는 없었다.

다혜를 만나야 내가 움직일 동안 우니의 안전을 보장받을 수 있었고, 신수호에 대한 압박을 가할 수 있었다.

결국 약속을 잡지 않고 경수가 다혜와 만날 때 무작정 합석하기로 작전을 짰다.

대한대학교의 정문에서 조금 떨어진 곳에서 삼삼오오 지

나가는 학생들을 보고 있을 무렵 경수의 메시지가 도착했다.

계획대로 조용한 레스토랑에서 밥을 먹고 있었다.

"한경수! 너……."

내가 들어가자 날 확인한 다혜가 빽 소리를 지른다.

"얘기들 나눠. 난 일이 있어서 먼저 간다."

경수는 '앗 뜨거' 한 표정으로 후다닥 가방을 챙겨 가버렸다.

"잠깐, 얘기 좀 해."

자리에서 일어나 나가려는 다혜의 손을 붙잡았다.

"이거 놔!"

뿌리치려 했지만 난 강하게 잡아 놓치지 않았다.

"10분이라도 좋아. 내게 사과할 시간만이라도 줘."

"이 손부터 놔!"

"허락하면 놓을게."

마치 일시 정지를 누른 동영상처럼 한참을 그렇게 서 있던 다혜는 고개를 끄덕이며 자리에 앉았다.

"내 걱정 많이 했다고 들었어. 정말 고맙고 미안해, 다혜야."

"……."

일단 고마움과 사과를 했다.

날 기억해 준 것에 대한 고마움이었고, 그 기억이 아픔인 것에 대한 사과였다.

"그리고 도착하자마자 널 찾았어야 했는데 그러질 못했어. 솔직히 말하자면 한국에 도착해서 난 이곳 생활에 적응을 할 수가 없었어. 내일이라도 다시 붙잡혀 그곳으로 끌려가지는 않을까 하는 두려움이 날 지배했지. 그리고……."

내가 겪은 일과 감정을 사실대로 모두 말할 순 없었다. 그저 핑계거리가 될 만큼 각색을 해 들려주었다.

그때, 날 감시하던 녀석 중 한 명이 레스토랑으로 들어와 내 뒷자리에 자리를 잡고 앉았다.

계획대로다. 이제 다혜와 얘기를 해 정보를 흘리면 된다.

하지만 예상과는 다르게 우리 둘의 대화는 점점 날카로워져 갔다.

"나에게 왜 그런 얘기를 하는지 모르겠다. 나완 아무 상관 없는 얘기야. 더 이상 할 얘기 없으면 갈게."

"아무런 상관도 없다면 왜 나에게 화를 내는 거지?"

"내가 왜 너에게 화났다고 생각하는데?"

"지금 네 행동이 그렇잖아."

"내 행동이 어때서? 난 아무렇지도 않아. 화가 나지도 않았어! 다만… 식사를 방해한 누구 때문에 기분이 좀 나쁠 뿐이야."

다혜는 지금 화를 내고 있다.

이유는 알 수 없다. 묻는다 해도 답을 해주지 않을 것임이 분명했다.

아니, 그녀 자신도 화내는 이유를 정확히 설명할 수 없을지 모른다.

이래선 더 길게 대화를 해봐야 서로에게 상처가 될 뿐이었다.

"친구가 찾아온 게 그리 기분이 나빴구나?"

"…친구?"

"아, 미안. 너에겐 그냥 동창이겠구나. 두 번 다시 못 볼지 몰라 찾아온 동창은 이만 가볼게. 시간 뺏고 식사 방해해서 다시 한 번 미안하다."

난 자리에서 일어났다.

시간을 벌려는 계획은 포기했다. 우니는 수능이 끝날 때까지 삼촌에게 맡겨야 할 모양이다.

지켜야 할 사람이 있으면 이래서 귀찮다.

"…무슨 말이야?"

웅얼거리며 묻는 다혜의 말은 무시했다. 계획은 바뀌었고, 다혜에 대한 미안함 마음도 이미 표현을 했으니 됐다.

계산서를 들고 가려는 순간, 이번엔 다혜가 내 손을 붙잡는다.

"방금 전, 무슨 말이야?"

가볍게 뿌리치려 했다. 하지만 뿌리칠 수 없었다.

핏기가 사라질 정도로 꽉 쥔 손은 부들부들 떨리고 있었다. 고개를 푹 숙인 채 있었지만 지금 그녀의 표정이 보이는 듯했다.

동창회 날의 그 슬픈 표정.

난 내가 나쁜 놈이라는 걸 다시 한 번 깨달았다. 신수호에게 복수를 한 다는 명목으로 다혜에게 상처를 준 것이다.

섬에서 남을 이용하는 건 당연한 일이었고, 이용당하는 게 바보였다.

하지만 오늘, 날 믿어주는 이를 이용해서는 안 된다는 걸 깨달았다.

다시 자리에 주저앉았지만 다혜는 손을 놓지 않았다. 설명을 들을 때까지 절대 손을 놓지 않을 생각인가 보다.

"난 납치당했어. 분명 누군가가 납치를 사주했을 가능성이 높지. 그리고 범인은 잡히지 않았어. 그 말은 언제든지 또다시 그런 위험에 노출되어 있다는 소리와 같은 말이야. 다시 납치당할 수도, 이번엔 정말 사라져서 죽을지도 몰라. 범인은 아주 가까운 곳에 있을 가능성이 높아."

내 말에 뒤에 있는 녀석이 움찔하는 기색이 느껴진다.

"지난번에 말없이 사라져 힘들었다는 얘기를 듣고, 이번엔 미리 말해주고 싶어서 널 만나자고 한 거야."

비로소 다혜의 손이 풀린다.

난 일어나면서 자연스럽게 계획했던 말이 뱉었다.

"신수호랑 사귄다며? 신수호가 날 무척 싫어하는 것 같던데 너무 미워하지 말라고 전해줘라. 이만 갈게."

크크크크! 앞으로 날 믿고 의지하는 이를 이용해서는 안 된다고 생각하고선 금세 망각하다니…….

내 안의 악마가 내 행동을 비웃는다.

그리고 오늘만 예외라고 속삭인다.

난 역시 구제불능이다.

*   *   *

비록 경수에게 다혜를 다시 울렸다고 개새끼, 소새끼 별의별 욕을 다 듣긴 했지만 다혜와의 만남은 계획대로 나에게 시간을 주었다.

감시는 여전했지만 수능이 끝날 때까지 어떠한 위협도 받지 않았다.

이제는 내가 움직일 시간이다.

"수능 보느라 힘들었지?"

"저보단 오빠가 힘들었겠죠."

수능을 준비하는 동안 우니와의 관계는 무척이나 좋아졌다. 우니는 자연스럽게 날 오빠라고 부를 수 있게 되었다.

"윽! 얘가 또 오빠 염장을 지르네."

"제발 이상한 얼굴로 농담하지 말아요. 무서워요."

"……."

여전히 내 얼굴 표현력은 빵점에 가까웠다. 하지만 말에 따라 조금씩 얼굴이 움직인다는 자체만으로도 만족했다.

"수능 끝났으니 이제 뭐 할 거야?"

"그냥 집에서 쉬다가 논술 준비해야죠."

"그럼 집에서 쉬지 말고 여행이나 다녀와."

난 미리 준비한 유럽 여행권 우니에게 건넸다.

"시, 싫어요."

밝았던 표정이 금세 굳어지며 손사래를 치는 모습에 짠한 마음이 들었지만 어쩔 수 없었다.

"언제까지 오빠랑 있을 수 없다는 거 너도 잘 알지? 지금부터 서서히 준비하자. 그래서 대학 졸업할 때까지, 늦어도 시집갈 때까지 지금 가진 트라우마는 없애야 하지 않겠어?"

우니는 똑똑한 애였다. 돌려서 말한 얘기지만 정확하게 핵심을 집고 있을 것이다.

"…그때까진 같이 있어줄 거죠?"

"물론이지. 그러니 사회 경험한다고 생각하고 다녀와."

"아, 알았어요."

마지막까지 가기 싫다는 표정을 짓던 우니는 이틀 뒤 유럽으로 떠났다.

수능을 준비하면서 감시자의 배후를 알아냈다.

찬구파는 홍산그룹이 직접 나서기 힘든 은밀한 일을 대신

하며 세력을 키워오다 4년 전부터는 검찰, 경찰은 물론 정치권에까지 돈을 뿌리며 배경을 만들고 기업으로 변모했다.

보스인 정찬구는 돈을 위해서는 어떠한 일도 거리낌이 없이 행하는 인물로 특히 중국 본토에서 도망 나온 중국인 폭력 조직과 손을 잡고 타 지역으로 세력을 넓히려는 생각을 가지고 있었다.

핵심 조직원만 백 명이 넘고 그 밑에 동원할 수 있는 인원까지 치면 수백 명은 넘었다.

문제는 이들 모두를 죽일 수는 없다는 것이다.

그렇다고 정찬구만 죽인다고 될 일도 아니었다.

두 번 다시 나에게 칼을 못 겨누게 만들고, 찬구파의 힘을 일정 부분 내가 움직일 수 있는 수준이 적당했다.

적이라 해도 내 힘이 되어준다면 언제든지 손을 잡을 수도 있는 법이다.

"근데, 아까부터 누구 날 보는 것 같은데……."

집에서 나와 걷는데 신경을 거스르는 뭔가가 자꾸 날 자극한다.

감시자들은 분명 아니었다. 그들은 뒤에서 날 따르고 있다.

걸으면서 자극하는 위치를 바라봤지만 아무도 없었다. 다만 꽤 거리가 먼 곳의 건물뿐.

누군가가 원거리에서 날 감시할 수도 있다는 생각에 오른

손을 천천히 올리며 춤 연습을 하듯 몇 바퀴 빙글빙글 돌렸다.

소리를 이용하는 최면과 마찬가지로 나에게 집중하고 있는 이에겐 동작으로 최면을 걸어야 했다.

그리고 건물들이 있는 곳을 뚫어지게 바라보며 강력한 최면을 걸었다.

당장 눈앞으로 뛰어내리라는.

"으아아악!"

"허어억!"

갑작스런 비명 소리에 내가 놀랐다.

길가 주택 2층에서 물을 주던 아저씨가 날보고 있었는지 최면에 걸려 2층에서 뛰어내렸다. 다리가 부러졌는지 비명을 지르고 난리가 났다.

"죄송합니다. 이거, 치료비에 보태 쓰세요."

"119! 아악! 119 불러줘!"

"아! 맞다."

119를 부른 후, 있던 돈을 적당히 호주머니에 넣어주고 차가 떠나는 걸 보고 다시 길을 걸었다.

다행히 더 이상의 자극도 없었다.

'으슥한 곳 찾기가 어렵네.'

워낙 번화한 곳이라 밤이 되지 않는 한 으슥한 곳이 없었다. 결국 해가 지면서 어슴푸레해질 때까지 생각에도 없던 산책은 계속되었다.

'지금이다!

차 한 대와 3명의 감시자가 나를 쫓는데 몇 번 골목길을 도니 감시자들만 날 따라왔고, 특히 ㄱ자 모양의 골목에서 두 명과 한 명으로 나눠져 움직이는 게 느껴졌다.

높은 담이었지만 어렵지 않게 넘고, 다시 발을 굴러 담을 넘자 감시자 한 명의 등이 눈에 보인다.

가운데 손가락 마디가 뾰족하게 나오도록 만든 주먹으로 요혈을 빠르게 쳤다.

퍼퍼퍼퍼퍽!

"아……!"

비명이 나오기 전에 아혈을 집고 다시 온몸을 가격했다. 그리고 벽으로 밀어 붙인 후, 찢어질 듯 부릅뜬 눈을 보며 말했다.

"지금부터 내가 찌르는 급소는 아프지 않아. 대신 20초면 온몸이 마비되지. 평생을 병원에서 누워 지내야 한다는 소리야."

놈은 쉴 새 없이 알아들었다는 듯 눈을 껌벅인다.

"15초면 5년쯤 될까? 어쨌든 10초만 넘기지 않으면 그냥 지금처럼 걷는 기쁨을 알고 살 수 있을 거야. 묻는다. 날 미행하라고 시킨 놈 이름과 지금 있는 곳은 어디지?"

쿡!

손가락 반 마디 정도가 놈의 등을 찌르고 나온다.

"소, 손학주! 지금 이, 있는 곳은… <u>으으으</u>!"

지르고 2초가 지나면 마비 증상이 시작된다.

눈앞의 놈은 지금쯤 손발이 마비되어 오는 감각에 20초 후에 있을 미래가 머릿속을 지배하고 있을 것이다.

"8초, 9……."

"플레져 빌딩 9층!"

난 재빨리 두 곳을 찔러 마비를 풀었다.

"운이 좋았어. 잠깐! 근데 이건 현실이 아니잖아. 앞에 가던 놈이 어떻게 뒤에 있겠어? 그저 걷다가 잠깐 존 것뿐이야."

공포에 정신력이 무너졌던 놈은 최면에 걸리며 스르르 눈을 감는다.

난 속삭이듯 말을 이었다.

"계속 쫓다보니 몸도 찌뿌듯하지? 그러니 5초 뒤에 깨면 기지개나 한 번 쭉 펴라고."

난 놈을 벽에 기대어 놓고 아까 있던 위치로 걸어갔고, 잠시 후 놈이 기지개를 펴는 기척이 느껴진다.

산책은 끝났다. 이제 손학주를 잡으러 갈 차례다.

*   *   *

집에 들어가 간단한 변장—모자를 깊이 쓰고, 옷을 갈아입었을 뿐이다—을 하고 몰래 나와 택시를 탔다.

"플레져 빌딩이요."

"좋은 곳이죠. 허허!"

연세 지긋한 아저씨가 이상한 소리를 했지만 도착하고 나니 왜 그런 말을 했는지 알 수 있었다.

고층빌딩의 숲 뒤쪽에 위치한 플레져 빌딩은 빌딩이라기엔 작은 건물이었다. 좁은 대지에 높게만 지어져 약간 불안하게까지 보이는 그곳은 말 그대로 환락의 빌딩이었다.

입구에는 젊은 학생들과 양복을 입은 회사원들, 사십 대 아저씨들까지 오로지 남자들만 북적이고 있었다.

"몇 명이세요?"

귀에 이어폰을 낀 캐주얼 정장을 입은 사내가 웃으며 말한다.

"안에 일행 있어요."

어차피 드나드는 남자들이 많았기에 내 말은 신경 쓰지 않고 다시 다른 사람들에게 말을 건다.

안에도 밖과 마찬가지로 삼삼오오 모인 사내들로 가득하다.

그중에 뭐가 그리 좋은지 시시덕거리는 남자 4명이 캐주얼 정장차림의 웨이터의 안내에 엘리베이터를 탄다.

엘리베이터 옆에 작은 계단이 있었지만 이용하기엔 불가

능해 보였다.

"…7층 4명, 올라갑니다."

이어폰에 손을 올리고 말하는 웨이터의 목소리가 귀에 들렸다.

"7층 좀 올라갈게요."

문이 닫히기 직전에 엘리베이터를 탔다.

엘리베이터는 좁았다. 5명이 타도 꽉 찰 정도. 어느 누구도 나에게 신경 쓰는 이가 없었다.

몰래 8층과 9층을 눌러봤지만 불이 켜지지 않았다.

계단으로 올라가야 할 모양이다.

"어서 옵쇼. 이쪽으로."

위에 있던 웨이터의 안내로 사람 두 명이 겨우 지날만 한 통로로 4명이 따라 나간다.

엘리베이터에서 내리자마자 주변을 빠르게 살폈다. 헐벗은(?) 아가씨들이 바쁘게 움직이고 있었다.

난 손님인 척 자연스럽게 화장실로 향했다.

화장실도 좁았다. 두 개의 좌변기와 손을 씻을 만한 공간이 다였다.

'공황장애가 오겠군.'

가볍게 투덜대곤 손을 씻는 척하며 숨을 참고 피를 얼굴에 모이게 만들었다.

누가 봐도 술에 취한 모습.

화장실에서 나와 어두운 계단으로 나가자 아가씨 두 명이 담배를 피면서 얘기를 나누고 있다.

"너희들 증~말 이쁘다. 이름이 뭐냐?"

술 취한 놈이 집적인다고 생각했는지 인상을 찌푸리며 담배를 끄고 안으로 들어가 버린다.

번개처럼 계단을 올라갔다.

8층을 지나 9층으로 가자 방금 전까지 시끄럽던 사위가 한결 조용해진다.

인기척을 살폈다.

'문 근처에 다섯, 다른 한쪽에 일곱.'

손잡이를 조심히 돌려본다. 닫혔다. 급하게 문을 두드렸다.

―쿵쿵쿵쿵!

철문이 시끄럽게 울린다.

"누구냐?"

문 뒤에서 신경질적인 목소리가 들려온다.

"오빠! 어떤 손님이 행패를 부리고 있어요!"

목을 누르고 고음을 내자 내 목에서 다급한 여자애의 목소리가 나온다.

스스로 닭살이 돋았지만 꾹 참고 말한다.

"어떤 새끼가!"

문이 열렸다. 문을 연 놈의 얼굴에 놀라는 표정이 피어오른다.

퍼퍽!

턱을 정확하게 때려 뇌진탕을 일으키게 만들고 명치에 주먹을 꽂았다.

스르륵 쓰러지는 놈 뒤로 9층의 구조가 눈에 들어온다.

9층은 구조가 달랐다.

안으로 들어가자 넓은 복도가 있었고 그 복도 너머에 방이 있었다. 그리고 그 방에는 넓은 테이블이 하나 놓여 있었고 그 위에 돈을 세는 계수기와 꽤 많은 지폐 다발이 쌓여 있었다. 아래층에서 번 돈을 정산하는 곳이었다.

4명이 TV를 보고 있었다. 그러다 이상함을 느꼈는지 한 놈이 고개를 돌린다.

"어, 어……!"

당황했는지 말은 못하고 '어어' 거리기만 한다.

내 몸은 벌써 테이블을 넘고 있었다.

한 손에 지폐 몇 다발을 들고 앞으로 뿌렸다. 꽉 하고 돈이 날린다.

퍼벅! 퍼벅! 퍽! 퍽!

비명은 없었다. 정확하게 요혈을 노려 기절하게 만들었다.

이곳 다섯은 살려둘 생각이었기에 기절만 시켰다.

이미 CCTV가 없다는 걸 알았지만 다시 이상한 것이 없나 살펴본다.

―치익! 치이익!

방에 쓰러진 네 명 중 한 명의 귀에 꽂힌 이어폰이 시끄럽다. 재빨리 빼서 귀에 꽂자 무전이 들어온다.

―11시 매출 들고 올라갑니다. 치익! 11시 매출 들고 올라갑니다.

"지금 학수 형님 분위기가 좋지 않다. 11시 20분에 가지고 와라."

―예, 알겠습니다. 치익! 11시 20분에 올라가겠습니다.

하마터면 일이 크게 될 뻔했다.

9층 문을 잠그고 일곱 명의 기운이 느껴지는 방으로 갔다. 문에 귀를 대보니 술을 마시고 있는 게 틀림없었다.

안으로 들어갔다.

"뭐야!"

"저 새끼 누구야?"

갑작스런 진입에 몇 명이 소리친다. 들어간 순간 일곱의 위치를 파악했고, 가장 상석에 앉은 이가 손학주임을 알 수 있었다.

꽤 넓은 실내였지만 그래 봐야 세 발자국 걸으면 테이블이었다.

술집에서 쓰는 작은 맥주병을 들어 막 움직이려는 왼쪽 녀석의 얼굴을 후려쳤다.

파악!

맥주병이 깨지며 안에 있던 내용물과 놈의 머리가 터지며 나온 내용물이 뒤섞이며 벽을 더럽힌다.

"이 새끼!"

확실히 밖에 있는 놈들과 달랐다. 이미 테이블을 밟고 한 명이 뛰어오르고 있었다.

반 발자국 뒤로 물러서 발차기를 피하고 왼손으로 축이 되는 발을 걸었다.

쾅!

테이블에 그대로 넘어진다. 하지만 놈이 아픔을 느낄 새는 없었다. 반밖에 남지 않은 병을 그대로 심장에 찍었다.

으드득!

힘에 의해 심장을 보호하는 뼈를 부스며 병은 심장에 박힌다.

"이, 이 놈……!"

날이 바짝 선 칼이 날 찍어온다.

꽤 칼을 쓰는 놈인지 한 번에 찍지 않고 수차례 팔을 놀려 얕게 그러나 치명적인 곳을 노린다.

옆으로 몸을 비틀며 테이블에 있던 작은 양주잔을 집어 약간의 힘을 주자 몇 조각으로 부서진다.

놈의 얼굴에 기를 더해 뿌렸다.

"으아아아악! 큭!"

피투성이가 된 얼굴을 감싸 쥐고 물러서려는 놈의 목을 수도로 쩔렀다.

룸 안은 피할 공간이 없었다.

여섯 명은 순식간에 쓰러졌다.

"너, 넌 누, 누구냐?"

손학주도 덤볐지만 내 발차기에 원래 있던 위치로 가 부하들이 죽을 때까지 박혀 움직일 줄 몰랐다.

"얘기하러 온 사람."

"……"

놀린다고 생각했는지 손학주의 얼굴이 와락 구겨진다.

"진짜야. 이들은… 대화를 방해할까 싶어 조용히 만든 거고."

"워, 원하는 게 뭐지?"

손학주는 강단이 있었다. 얘기를 하면서 연신 손을 움직여 부하가 흘린 사시미 칼을 집으려 했다.

"그 칼을 집는 순간 이 양주잔이 머리에 박힐 거야. 못 믿겠으면 확인해도 좋아."

난 양주잔을 손에서 가지고 놀며 말을 이었다.

"정찬구 사장은 욕심이 너무 많아. 자신은 호화롭게 생활하면서 같이 고생한 이들은 제대로 된 대접을 받지 못하는군. 아름다운 여자는 그의 차지고, 돈과 명예 또한 그의 차지라고 할 수 있지."

손학주는 내 손의 양주잔에서 눈을 떼지 못한다.

"정찬구 사장이 모든 걸 가졌지만 그건 자신의 힘으로 한 게 아냐. 바로 당신, 손학주 씨가 이룬 거지! 그래서 하는 말인데 당신이 그것을 찾고자 한다면 내가 도움을 줄 수 있어."

마침내 손학주는 최면에 걸려 눈이 멍해진다.

"내가 정찬구 사장을 죽이지. 그럼, 당신이 뒤를 이어 그가 가진 모든 것을 가지는 거야, 어때?"

"그, 그, 그럴… 수 없어!"

최면이 깨졌다.

손학주는 정찬구를 배신할 인물이 아니었다. 꾸준한 최면과 그를 통한 각인을 한다면 가능하겠지만 언제든 깨질 수 있어 위험했다.

"크아악! 켁! 큭!"

양주잔은 그의 어깨에 박혔다. 그리고 난 테이블에 놓인 물건들을 닥치는 대로 들어 그를 쳤다.

그리고 그의 멱살을 잡고 내 얼굴로 가까이로 끌어당겼다.

"잘 들어! 당신은 의리 있는 사내야. 한데 찬구파에 모든 이들이 당신과 같지 않아. 누군가 배신을 하겠지. 자, 묻지. 찬구파를 위해, 정찬구 사장님을 위해 누가 죽었으면 좋겠나?"

"그, 금필영… 으득!"

최면술에 걸린 손학주는 스스로 내가 접근해야 할 사람을 말해준다.

"그는 어디 있지? 내가 죽이지."

"몰라. 그놈은 미꾸라지 같은 놈이거든. 거처가 일정하지 않아."

몇 가지 더 물었지만 더 이상 나올 얘기는 없었다. 그는 머리를 쓰는 인간이 아니었다.

"내 말 잘 들어. 착하다, 정의롭다, 의리 있다는 말은 바로 '바보 같다' 는 말과 같은 말이야."

할 얘기를 마치고 자리에 일어났다.

"당신은 바보야!"

으드득!

내 말에 무슨 말을 하려고 했던 손학주는 아무 말도 하지 못하고 고개가 괴상하게 꺾인 채 모로 눕는다.

이제 나가야 할 시간이다.

룸의 거울에 비춰보니 꽤나 지저분하게 일을 치뤘다는 사실을 알 수 있었다.

룸에는 갈아입을 옷이 없었다. 밖에 나가 아까 기절시킨 이들 중 한 명의 옷을 벗겨 갈아입었다.

입고 있던 옷과 모자는 악력으로 갈가리 찢어 변기에 넣고 내렸다.

"꽤 좋은 선글라스네."

호주머니에 있는 선글라스를 쓰고 누군가 사용하던 무스를 이용해 머리를 올백으로 만들었다.

누가 봐도 조직원처럼 보인다.

나가려다 보니 테이블에 잔뜩 쌓인 돈이 보인다.

"돈을 노린 범죄… 처럼 보이는 것도 나쁘진 않겠네."

테이블 밑에 놓인 백팩 두 개에 가득 채워 어깨에 멨다. 그리고 문을 열고 계단으로 나왔다.

"오빠!"

뭉치면 한주먹도 안 될 옷을 입은 예쁘장한 아가씨가 날 부르며 올라온다.

"… 무슨 일이야?"

"안에 용성이 오빠 있어?"

"계시지. 한데 지금 큰 형님과 얘기 중이서. 왜, 무슨 일 있어?"

"나, 입병이 너무 심해. 오늘 더 이상 일 못하겠어."

조그마한 입을 앙 벌리고 자신이 아프다는 걸 보여준다.

잠깐 그녀가 무슨 일을 하는지 상상하다 고개를 흔들고 제정신을 차렸다.

"내가 형님께 말할 테니까 퇴근해. 이름이 뭐였지?"

"진짜? 나 송미야, 송미. 근데 아직 일당을 못 채웠는데……."

송미의 모습이 왠지 우니와 겹쳐진다. 난 세상을 구원하는 바보 용사가 아니다. 그러나 눈앞에 두고 모른 척하긴 마음에 걸렸다.

"자, 이거 가지고 병원도 가고, 나머진 일당으로 써."

가방을 뒤져 오만 원 권 두 뭉치를 꺼내 손에 쥐어주었다.

"오빠! 그건……."

"내가 꽤 배경이 좋아. 이 정도는 아무것도 아니니 걱정 마. 그리고 내가 돈 준 것도, 날 만났다는 건 비밀이야."

"비밀?"

"응. 절대 비밀."

일순 몽롱해졌던 송미의 눈빛은 금세 원래대로 돌아온다.

"고마워, 오빠. 담에 봐. 내가 서비스 해줄게."

송미는 옷에 돈을 숨기고 빠르게 내려간다. 그러다 갑자기 뒤돌아보며 묻는다.

"참! 오빠 이름 뭐야?"

"위… 준. 위준이라고 해."

"위준 오빠, 그럼 나중에 봐."

잠깐 황당한 일이 있었지만 난 계단을 내려가기 시작했다.

술 취한 남자들과 송미 같은 아가씨들이 날 봤지만 모른 척 고개를 돌렸기에 편하게 아래로 내려와 플레져 빌딩을 빠져 나올 수 있었다.

난 어둠속으로 몸을 숨기며 그곳을 떠났다.

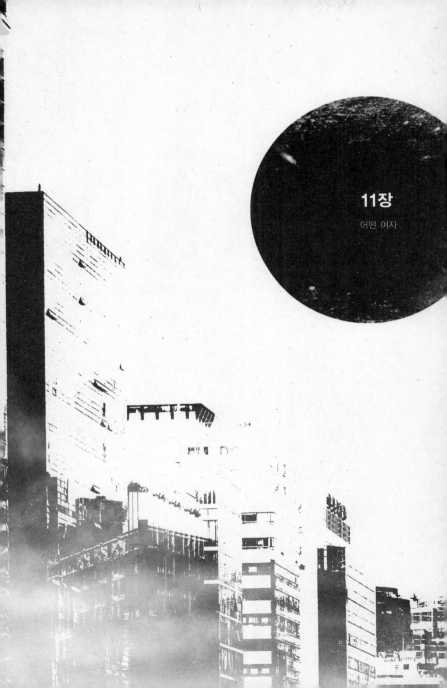

11장

어떤 여자

"뭐라고!"

"…학주 형님이 당하셨습니다."

평소 조직원들이 형님이라는 표현을 사용하면 정찬구는 들고 있는 것이 무엇이든 던졌을 것이다.

하지만 지금 그는 그럴 경황이 없었다.

"누구 짓이야? 어떤 새끼들 짓이냐고!"

"아직까진……."

"찾아! 당장 찾으란 말이다! 어떤 놈인지 껍질을 벗겨 죽여 버리겠다."

손학주는 정찬구가 가장 믿는 동생이었다.

처음 조직을 만들 때부터 지금까지 수도 없이 자신의 목숨을 구했고, 어떤 명령도 실패한 적이 없었던 그였다.

"애들 소집해. 춘길이, 준태, 명환이, 필영이 모두 다 소집해!"

"알겠습니다. 그리고……."

"또, 뭐?"

"처리는 어떻게 할지……."

"야이, 개새끼야! 처리가 뭐가 뭐야, 처리가! 학주라고, 학주가 죽었다고!"

결국 보고를 하던 사내는 정찬구가 던진 재떨이에 맞아야 했다.

"휴!"

정찬구는 흥분한 마음을 가라앉히고 의자에 앉아 엄지와 검지로 미간을 지그시 눌렀다.

복수도 복수지만 보고자의 말처럼 손학주의 죽음을 어떻게 해야 할지 고민해야 했다.

그냥 조직 자체적으로 처리하기에는 손학주의 위치가 조직에서 컸고, 공식적으로 처리하자니 조직의 금전적인 피해가 너무 컸다.

"경찰에 알려."

"…알겠습니다."

원수를 갚기 위해선 명분이 필요했다. 아무리 높은 양반들에게 돈으로 기름칠을 했다곤 하지만, 명분 없이 움직이는 건 위험했다.

그리고 무엇보다 손학주를 흔적 없이 보낼 수는 없었다. 거창하게 장례를 치뤄줄 생각이었다.

"으득! 어떤 새낀지 모르지만 곱게 죽이진 않겠다."

정찬구가 아끼는 만년필이 재수 없게 그의 눈에 띄어 두 동강이 나버린다.

강남경찰서 김철수 형사는 폴리스 라인을 넘어 사건 현장으로 올라갔다.

"선배님 오셨어요?"

양동휘 형사가 반갑게 인사한다.

"넌 정액 냄새 가득한 이곳이 뭐가 좋다고 쪼개냐?"

"참, 개코라는 분이 정액 냄새하고 분 냄새를 구분 못하십니까? 킁킁!"

"지랄……. 근데 저 덩치들은 뭐냐?"

양동휘의 행동에 피식 웃던 김철수 형사는 한쪽 방에 모여 있는 조직폭력배 5명을 보고는 물었다.

"목격자들입니다."

"목격자?"

"네. 사건 당시 이곳을 지키고 있었던 이들이랍니다."

"설명해봐."

김철수 형사는 양동휘가 조사한 내용을 말하라고 했다.

"일단 저기 턱 부은 녀석이 여자 목소리에 문을 열었는데 '번쩍!' 하면서 바닥이 보이고 기절했답니다. 그리고 나머지 4명이 놈을 발견하고 움직이려는 순간 쌓아뒀던 돈이 날리고 눈처럼 휘날렸고 정신없이 맞고 역시 기절했다더군요."

"범인 용모는?"

"그게, 모자를 썼다는 정도밖에 모릅니다."

"병신들, 다섯이서 모자를 본 게 다라고? 쟤네들 내쫓아. 목격자는 무슨, 수사 염탐꾼들일 뿐이야."

양동휘가 다섯 명을 돌려보내는 동안 김철수는 방금 들은 내용을 머릿속에 그려본다.

"7미터를 단번에 뛰어 돈을 던지고, 4명을 처리하는데 걸린 시간이 고작 눈 깜박할 순간이라는 건가?"

사람의 눈은 생각보다 많은 것을 본다. 0.1초만 제대로 봐도 무의식적이 그 대상을 기억하게 만든다.

한데, 놈은 그들의 시선을 분산시키며 극히 짧은 순간에 넷을 처리한 것이다.

'프로다!'

김철수는 직감적으로 놈이 일반적인 조직폭력배나 강도가 아니라 엄두가 나지 않을 실력자라고 생각했다.

감식반이 샅샅이 뒤지고 있지만 뭔가 나올 리가 없다.

"뭐 나온 거 있어?"

"아, 김 형사님. 딱히요. 다만 이곳에 옷의 섬유들이 꽤 흩어져 있어요."

"그 말은?"

"네. 범인은 입고 있던 옷을 벗고 이곳에서 찢은 모양입니다."

그리고 보니 아까 목격자라는 다섯 중 한 명은 양복이 아니라 헐렁한 티셔츠 차림이었던 게 기억이 났다.

"가위나 칼을 사용한 게 아니에요. 손으로 찢어서… 섬유의 흔적을 볼 때 화장실에 버린 거죠."

"그게 가능한가?"

"불가능하죠. 근데 범인은 인간이 아닌 괴물이에요."

"그건 무슨 말이야?"

"안에 들어가 보시면 이해할 겁니다."

김철수는 복도를 따라 살인 사건이 벌어진 곳을 봤다.

"괴물이죠? 온 방이 피로 가득해요."

"시체는?"

"지금 검시소로 옮겼습니다. 대신 손학주의 시체는 찬구파에서 가져갔습니다."

"이 XX새끼들이 경찰이 지네들 밑 닦아주는 사람인 줄 아나. 손학주 시체는 왜 가져가?"

"위에서 그냥 수사하라고 하던데요. 나머지 시체라도 건진 게 다행이죠."

"씨바! 이 짓도 못해먹겠군. 사진!"

양동휘는 사진을 김철수에게 넘긴 후 설명을 한다.

"첫 번째 사진이 아마 처음 당한 녀석이 아닐까 생각합니다."

"이유는?"

"두 번째 사진을 보시면 아시겠지만 일단 설명해 드리죠. 범인이 한 명이라는 가정 하에 시작합니다. 놈은 들어오자마자 맥주병을 잡고 첫 번째 피해자의 머리를 때립니다."

"이게 맥주병으로 때린 거라고?"

"네. 그것도 작은 병이었어요. 한 방에 즉사였죠."

김철수는 사진을 넘기자 양동휘가 말한 바를 이해할 수 있었다.

두 번째 시체의 심장에 작은 맥주병의 꼭지가 삐죽 나와 있었다.

양동휘의 말에 사진을 넘기던 김철수는 자신도 모르게 중얼거렸다.

"괴물……."

"선배님 생각도 그렇죠? 인간이 한 짓이 아니에요. 그래서 다른 방향으로 생각해 봤어요. 여러 명이 한꺼번에 달려들어 일을 저질렀다. 한 놈이 이놈을 맥주병으로 계속 때리고, 다른 한 놈은 심장을 찌르고 계속 누르는 거죠. 그렇다면 어느 정도 아귀가 맞지 않나요?"

"차라리 소설을 써라."

"그렇죠……? 이거, 한 놈이 한 거 맞겠죠?"

양동휘의 얼굴은 급실망한 표정이 된다.

김철수는 그가 왜 그런 표정을 짓는지 알았다. 자신의 생각이 틀려서가 아니었다.

이런 범인을 잡으려면 목숨이 수십 개라도 부족했기 때문이었다.

하지만 경찰이라는 직업을 선택한 순간, 범인이 무섭다고 피할 수는 없었다.

김철수는 한숨을 쉬는 양동휘를 두고 사건이 일어난 장소를 샅샅이 살펴본다.

그러다 손학주의 주검이 그려진 선 옆의 소파를 만지며 중얼거린다.

"무슨 얘기를 한 거냐?"

중얼거림의 답은 양동휘가 해주었다.

"아마 금고의 위치를 물었겠죠. 이곳에 비밀 금고가 있었더라고요. 이미 내용물은 없었지만 크기를 볼 때 상당한 금액이 있지 않았나 싶어요."

"과연 그럴까?"

"제발 원한 관계에 의한 살인이라고 말하지 마세요. 수사가 불가능하다는 거 아시잖아요. 이놈, 찬구파 안에서도 넘버 투라고요!"

"두고 보면 알겠지. 다른 목격자나 CCTV는?"

"내부엔 CCTV가 없어요. 이곳 자체가 불법적인 곳인데 지들이 해뒀겠어요? 외부 CCTV는 이미 확보해 뒀어요. 목격자는… 포기입니다. 이곳에 온 사람들이 '나 이런 곳에 왔소.' 경찰에 자진출두하지는 않을 거고. 직원들도 수백 명이 넘는 사람들이 들락거리고 모자 쓴 사람만 수십 명이 넘는데 어떻게 알겠어요?"

"여자들은?"

"걔들이 알겠어요?"

"조사해. 분 냄새 좋아한다며."

"정액 냄새라면서요!"

양동휘 형사가 두덜댔지만 김철수 형사는 하나라도 더 알아낼 수 있을까 사건 현장을 계속 살피고 있었다.

*　　　*　　　*

거창한 장례식이다.

서울 시내 조직폭력배를 전부 모아둔 것처럼 검은 양복과 짧은 머리의 사내들이 큰 장례식장을 가득 채우고 있다.

제단에는 연신 인사를 하는 조문객들이 줄을 서서 기다리고 있고, 정찬구와 그 동생들이 상주 역할을 하고 있다.

지금 달려들어 깽판을 쳐보면 어떨까 생각해 보다 고개를 저었다.

그렇게 한다면 내일부터 한국 전체가 들썩일 것이다.

'저자가 금필영이군.'

야리야리해서 학교 선생님이나 회사원이라고 해도 믿을 정도로 다른 이들과 비교가 되는 인물이었다.

"거기!"

날 부르는 소리에 멈춰 섰다. 그리고 빠르게 돌아보며 답했다.

"네."

"여기 밥하고 국 좀 더 가져와."

"네네."

난 지금 장례식장에서 일을 하고 있다.

검은 양복과 머리를 내려 얼굴을 가리고 왔지만 놈들인 척 하기는 힘들었다.

똑같은 양복을 입었지만 웬일인지 놈들처럼 폼이 나지 않았다.

자세히 살펴보니 나와 같은 녀석들이 있었는데 바로 최고 말단으로 음식 나르는 일에 동원된 이들이었다.

덕분에 나도 인연에도 없는 서빙을 하고 있는 것이다.

"아가~ 여기 소주 몇 병 가져오거라잉~"

"네네. 여기 있습니다."

"아따 그놈 얼굴은 곱상헌디 살벌하게 흉터가 많구마잉~.

혹시 큰일 해볼라면 여기로 연락해라잉~"

"감사합니다."

건네주는 명함을 받고 인사를 한 후 호주머니에 대충 구겨
넣었다.

오늘 받은 명함만 수십 장. 감췄다고 해도 나에게서 풍기는
뭔가가 있는 모양이다.

아무래도 내 길이 이쪽이 아닌가 하는 생각이 강하게 든다.

'움직인다!'

아무리 장례식이라도 조직 전체가 모두 멈추진 않을 거라
생각했는데 맞았다.

난 재빨리 금필영을 따라 움직였다.

"야! 일 안하고 어디가?"

"화장실! 지금 터지기 일보 직전이다."

나와 같이 일하던 녀석이 불러 세웠지만 엉덩이를 잡은 날
붙잡지는 않았다.

금필영의 승용차는 장례식장을 나와 우회전한 후 신호등
에 걸렸다.

"잠깐 실례합니다."

속도를 낼 구간이 없었는지 문은 열려 있었다. 그래서 차
문을 열고 들어갔다.

"뭐야? 이……."

퍼억!

뭔가를 꺼내려는 조수석에 앉은 놈을 잠재웠다.

"나에게 할 얘기가 있나 본데, 그냥 조용히 가자."

금필영이 말하자 눈을 부라리던 운전사는 조용히 차를 몬다.

"무슨 일인데 이렇게 실례되는 행동을 한 거지?"

"조용한 곳에서 얘기하고 싶은데요."

운전사를 흘낏 보면서 예의를 갖추고 얘기하자 뭔가 있다고 느꼈나 보다.

"조용한 곳이라……. 실례에 대한 벌을 받을 수도 있을 텐데?"

"글쎄요? 오히려 대접을 받지 않을까 싶은데."

"그러길 바라야 할 거야."

명백한 협박이지만 난 어깨만 으쓱할 뿐이었다.

도착한 곳은 의외로 고급스럽게 꾸며진 패션 매장이었다.

문 닫힌 매장으로 들어가 나선형으로 된 계단을 따라 2층으로 올라가자 한쪽에 소파가 놓여 있었다.

"멋진 곳이군요."

"내가 아끼는 곳이지. 앉지."

"근데, 오늘은 왜 문을 열지 않았죠?"

"자네도 그곳에 조문을 가지 않았나. 그 때문이지."

"난 내가 죽인 사람을 조문할 만큼 뻔뻔스럽지는 않습니다."

"······!"

시종일관 여유롭던 금필영의 얼굴이 딱딱하게 굳었다.

"겁내지 마시죠. 난 차에서 말했듯이 얘기를 하고 싶을 뿐이니까."

"···차라도 한잔할 텐가?"

"주시면 고맙죠. 사장님이 무슨 차를 마시는지 궁금하군요."

금필영은 소파와 떨어진 곳에서 천천히 차를 만들고 있었다.

생각이 많은 자에겐 생각할 시간을 충분히 주는 게 좋다.

그만큼 상황에 대한 판단은 빠를 것이고, 나와 같은 길을 갈 가능성이 높았다.

물론, 배신도 그만큼 잘한다는 의미도 있지만 말이다.

"입에 맞을지 모르겠군."

"일단 향은 합격이군요. 역시 사장님과 취향이 비슷한가 봅니다."

먼저 얘기를 꺼낼 때까지 기다렸다. 그리고 차를 다 마셨을 때 금필영이 입을 열었다.

"얘기를 들어볼까?"

"난 금필영 사장님과 같은 배를 타고 싶어서 찾아왔습니다."

"계속하게."

"찬구파라는 거대한 배가 위기에 놓여 있죠. 가라앉히자니 이것저것 걸리는 게 많고, 놔두자니 귀찮게 할 것 같고, 그래서 주인을 바꾸려고 합니다."

"위기란 자네를 말하는 건가?"

"허리케인 급이죠."

"자신에 대한 평가가 후하군."

"손학주가 어떻게 죽었는지 아실 텐데요. 약한 편이죠."

"그럼 그렇다 치고. 내가 얻는 건 뭐지?"

"솔직히 난 배에 뭐가 있는지 모릅니다. 다만 주인만 바꾸려고 하는 겁니다. 원하는 건 손을 잡고 직접 챙기면 됩니다."

"내가 조직 내에서 하는 일이 뭔지 아나?"

"모르죠."

"여자 관리야. 손학주가 관리하던 플레져와는 상대가 되지 않으니 비교는 하지 말아줘. 예전엔 텐 프로라는 말을 썼는데 요즘은 개나 소나 텐 프로라는 말을 써서 의미가 없는 말이 돼버렸지. 쉽게 말해 대한민국 1%를 상대하는 여자들이지."

금필영의 말은 꽤 흥미로웠다.

"연예인? 그들 중 하고자 하는 애들도 있지만 대부분 하라고 해도 안 해. 또한 일부 손님 중 특정 연예인을 원하면 내가 그들과 교섭을 하지."

"연예인은 요즘 최고의 직업이잖아요."

"그렇긴 하지만 일부일 뿐이지. 나머지는 돈도 못 벌고, 몸 망치고, 인생까지 망치는 경우가 허다해. 우리 애들 중에도 그러다 온 애들도 있어."

"꽤 많이 버나 보군요."

"기본 화대가 천만 원이야. 특급 같은 경우는 몇 천은 기본이고 억이 넘는 경우도 있으니 말 다했지."

"대단하군요."

말이 계속 될수록 난 입을 다물 수가 없었다.

"이 중 우리가 가지는 건 50%. 그리고 그들은 여기 매장에서 많은 것들을 구매하지. 그렇게 버는데도 빚이 있는 애들이 많으니까. 한데 이 많은 수익이 누구에게 들어갈 거라 생각하나?"

"알 것 같군요."

"맞아. 수익의 10%를 제외하곤 정찬구에게 들어가지. 이건 내가 일군 사업이었어! 10%를 주며 생색을 내지만 10%로는 관리하는 조직원의 월급과 매장을 유지하고 아가씨들의 관리비 주고 나면 끝이야. 나에겐 남는 게 하나도 없어."

금필영은 정찬구에게 적의까지 보이며 이를 간다. 자신이 말하다 스스로 화를 주체하지 못한 것이다.

"내가 뭘 해주면 되겠나?"

"찬구파에 대한 정보죠."

"그 정도는 어렵지 않아."

"좋군요. 금필영 사장님이 원하시는 건 뭐죠?"

내가 원하는 걸 얻었으니 그가 원하는 바를 들어야 할 차례.

"내가 버는 수익의 50%!"

"40%로 하고, 40%를 가질 찬구파에서 조직원 관리비는 맡는 걸로 하시죠."

"20%는 자네 몫인가?"

"저도 애를 썼는데 가지는 게 있어야 하지 않을까 합니다."

"그렇지. 만일 자네가 아무것도 가지지 않는다 했다면 제안을 거절했을 거야."

"그건 왜죠?"

"이익 관계는 쉽게 깨지지 않지. 이익 없이 움직이는 사람은 믿을 수가 없어."

나와 비슷한 생각을 가지고 있어 고개를 끄덕였다. 하지만 난 한 가지 이익을 얻고 있었다.

복수!

나에겐 돈보다도 더욱 중요한 일이었다.

"내가 보여야 할 패는 다보였네. 이제 자네가 과연 배의 주인을 바꿀 능력이 있는지 보여 주게."

"어떻게 보여 드릴까요?"

"정찬구를 따르는 이들이 사라지면 좋겠지."

"가령?"

"장춘길이라고 날 눈엣가시처럼 생각하는 인물이 있어."

"손학주도 그러더니 의외로 미움을 많이 받으시는군요?"

"그들에게 줄 돈이 없으니까. 이익은 없이 눈에 거슬리는 사람을 자네라면 좋아하겠나? 정찬구는 그래서 나에게 여유 없이 돈을 준 것일지도 모르지."

"장춘길이 혹시 같은 반란군이 될 수 있을까요?"

"글쎄? 내가 보기엔 불가능할 거야."

"그건 제가 알아서 하죠. 설득 여부는 쉽게 아실 수 있을 겁니다. 내일 손학주의 장례가 끝나면 전화를 드리죠. 그때 장춘길의 소재를 말해주세요."

"좋네. 일이 끝나고 원하는 정보가 있으면 말하게. 얼마든 지 제공하지."

최면을 쓸 필요는 없었다. 아직까지는 구두 약속일 뿐이었고, 장춘길의 정보를 확인해 보면 그의 배신 여부는 쉽게 알 수 있으니까.

그때 금필영의 생사가 결정 될 것이다.

"이만 가보겠습니다."

난 자리에서 일어났다.

"잠깐 기다리게. 같은 배를 탄 기념으로 좋은 선물을 주지."

"계약을 위해서라도 거절하면 안 되겠군요?"

"그럼, 당연하지."

금필영은 매장 한쪽에서 누군가에게 전화를 걸어 이쪽으로 오라고 말했다.

꽤 먼 거리였지만 그 상대의 목소리까지 들렸기에 아무렇지도 않게 앉아 있었다.

10분쯤 지나자 아름다운 아가씨 한 명이 2층으로 올라왔다.

하얀 피부, 긴 목, 도발적으로 말아 올린 머리, 또렷한 이목구비, 어디 하나 빠지는 곳이 없는 여자였다.

"안녕하세요. 하루예요."

"…위준입니다."

가슴이 깊이 파인 달라붙는 검은 색 원피스를 입었고, 목에 백금색 두꺼운 목걸이를 차 가슴으로 쏠리는 시선을 분산시켜 정숙함과 섹시함을 동시에 느끼게 해주는 차림이었다.

"어떤 스타일을 좋아하는지 몰라 에이스 중 한 명을 불렀네."

"과분하군요."

"선물이 이쯤은 돼야지. 그리고 이제 자네도 한 가족과 마찬가지 아닌가?"

"그런가요?"

"참, 근데 내가 부하들을 불렀으면 어쩔 뻔했나?"

"말했잖습니까. 난 허리케인이라고."

"하하하! 그랬지. 방은 하루가 잘 알고 있네. 즐거운 시간 보내게. 난 일이 있어서 가봐야겠네. 그리고 아무리 강해도 조심성을 가지는 게 좋겠어. 동료가 당하는 건 아무래도 기분이 좋지 않거든."

"좋은 말씀, 명심하겠습니다."

금필영이 사라진 방향을 잠깐 바라보다 고개를 돌렸다.

"방은 어디죠?"

"어머, 급하셔라. 요즘 노인들만 상대해서 너무 급한 건 싫은데……."

요물 급이긴 하다. 하지만 난 하루보다 수십 배 더 강한 요물을 알고 있다.

'어? 가만, 그게 누구지?

퍼뜩 떠올라 생각했는데 기억에 전혀 없다. 그저 '그런 여자가 있었지' 라는 막연한 추측뿐이다.

"왜 그래요?"

"아, 아무것도 아니에요. 갑자기 누군가 생각났는데 명확하게 떠오르지가 않군요."

"호호! 나도 그래요. TV 연예인을 생각하려는데 도무지 생각이 않나 기억 날 때까지 아무것도 못했거든요."

나와는 상태가 다른 얘기였지만 내 머리에서 지워진 기억은 되살리지는 못한다는 걸 깨달았다.

"말을 잘하는군요."

"말했잖아요. 노인 분들을 상대한다고. 얘기 상대나 다름 없거든요."

"그럼, 나랑도 잠깐 얘기 좀 나눌까요?"

"얘기만 하는 게 아니라면 좋아요."

하루가 한 면이 거울인 곳에 손을 대자 유리벽이 열리며 방이 나타났다.

침대와 몇 개의 가구가 다였지만 꽤나 화려하게 꾸며져 있었다.

"감시카메라나 녹음기는 없겠죠?"

"걱정 말아요. 금 사장님은 변태는 아니거든요. 그리고… 짜잔!"

하루가 명품 백에서 꺼낸 건 휴대용 탐색기였다.

"노인들 중에 변태들도 많거든요. 처음 갈 땐 항상 소지하고 다녀요. 계약에 명시되어 있음에도 꼭 허튼 짓을 하는 이들이 있거든요."

방 안 구석구석을 탐색기로 살피던 그녀는 아무것도 없음을 알았는지 침대에 걸터앉는다.

그리고 짧게 올라간 원피스를 내리는 모습이 꽤나 섹시하다.

"이 일, 그만두고 싶지 않아요?"

"별로요. 전 만족해요."

"혹시 강제적으로 붙잡고 있거나 그런 건 아니고요?"

"아니에요. 빚이 있는 경우를 제외하곤 그만두고 싶으면

금 사장님에게 말하면 돼요."

하루가 거짓말을 하는 기색은 없었다.

"일에 대한 대가로 50%를 가진다고 하더군요."

"금 사장님이 그래요?"

"네."

"거짓말쟁이! 50%는 맞긴 한데 따지고 보면 훨씬 적어요. 일단 차량 운행비로 하루 20만원은 빠져요. 그리고 호텔비도 우리 몫이죠. 게다가 경호하는 오빠들 용돈도 간혹 줘야 해요."

역시 사람 말은 양쪽을 다 들어봐야 아는 것이다.

"그 정도라면 다행이게요. 일단 우리 일의 특성상 하루에 두 탕, 세 탕은 뛰기 힘들어요. 운이 좋으면 두 탕이죠. 근데 한 달에 두 번은 오늘처럼 무료로 손님을… 절대 오빠에게 하는 말은 아니에요. 정말이에요!"

말을 하던 하루는 기겁을 하며 손사래를 친다.

"괜찮습니다. 난 신경 안 쓰니까 계속 얘기해요."

"정말… 이죠?"

"그럼요. 절대 약속해요."

말의 힘이 또 한 번 발휘되었다.

긴장하며 말하기를 주저하던 하루는 다시 말을 시작한다.

"어쨌든 그렇게 일할 수 있는 시간이 빠지게 돼요. 그것도 그럴 수 있다고 쳐요. 여기 매장에서 매달 일정 금액만큼 물건을 사야 해요. 백화점보다 더 비싼데도 어쩔 수 없어요. 실제 손에 쥐는 건 20% 정도뿐이에요."

정찬구는 금필영에게 빨대를 꽂았고, 금필영은 이 아가씨들에게 빨대를 꽂고 있었다.

"그럼, 빚진 아가씨들도 많겠네요?"

"꽤 돼요. 호스트들에게 걸려 빚이 늘어나는 애들도 있고, 씀씀이가 커서 빚진 애들도 많아요."

"저런!"

"어디든 마찬가지잖아요. 버는 사람은 버는데 잃는 사람은 잃죠."

"하루 양은 많이 벌었어요?"

"그건 노코멘트 할게요."

하루는 돈에 무척 강하게 반응했다. 내 말에 웬만하면 답을 하게 되는데 그 사람이 강한 애착을 지닌 것에 묻게 되면 답을 하지 않는다.

"많이 모으진 않았나 보네요. 그럼, 혹시 돈을 지금보다 더 벌 수 있는 방법이 있다면 어쩌겠어요."

"그런 방법이 있어요? 혹시 주식이나 땅 같은 얘기라면 안 들을래요. 미리 말하는데 그런 사기꾼한테 걸려 빚진 애들도 있어요."

"절대 아니에요."

"말해 보세요. 듣고 좋다 싶으면 오늘 화끈하게 해드리죠."

....

이것도 직업병의 일종이라고 봐야 하나? 왜 이렇게 해주겠다는 애들이 많은지.

"혹시 동료들과 친해요?"

"그럼요. 금 사장님은 친하지 못하게 하는데 어차피 같은 처지에 있다 보니 자연스럽게 연락하고 그래요."

난 그녀에게 내 생각을 말했다.

"좀 위험할 것 같은데……."

"굳이 안 해도 돼요. 며칠이면 끝날 일인데 아깝네요."

"진짜 방금 전에 한 말 진심이죠?"

"정말이에요. 가만, 이런 약속은 말로 해서는 안 되는데……. 증표로 할 만한 게 마땅치 않네요."

"좋아요. 오늘 날 즐겁게 해줘요. 그럼 믿고 할게요."

"에헥? 그걸로 되겠어요?"

"쉽지 않을 걸요."

훗! 날 도발하다니, 후회하게 될 거야. 난…….

또다시 '어떤 여자'에 관한 막연한 것이 떠오른다. 도대체 누굴까?

하지만 생각은 이어지지 않았다.

길고 하얀 손이 문어의 그것처럼 감겨져 온다.

12장

침투, 그리고……

로버트 무어는 전직 CIA로 활동했었다.

그러다 비리사건에 연루되었고, 그에 대한 책임을 지고 은퇴를 한 후, 고향으로 돌아왔다.

은퇴 후에도 한 일은 많았다.

기업의 보안책임자나 정보 분석 실장, 특별 경호원, 보안 디자이너 등.

하지만 그는 길게는 1년, 짧게는 3개월 만에 직업을 바꿨다.

적성에 맞지 않은 것이다.

그러다 동료가 권하는 사립 탐정을 시작하면서 제2의 인생을 살게 되었다.

사립 탐정은 그에게 딱 맞는 직업이었다.

의뢰받은 비밀스러운 일을 성공하고, 사람을 찾고, 물건을 찾는, 어찌 보면 귀찮은 직업임에도 그는 그 분야에서 꽤 이름을 날리게 되었다.

그러다 한 가지 의뢰를 받았다. 엄청난 부자의 귀부인은 생각보다 훨씬 큰 금액을 제시하고 한 사람을 찾아 정보를 모아 달라는 것이었다.

국적은 한국인, 나이는 10대 후반에서 20대 중반, 이름은 무찬, 특이사항은 4~5년간 실종됨.

쉬운 일이었다.

'여전히 실종된 채'라면 일을 그만둬도 된다는 조항까지 있었으니 편한 마음으로 한국행 비행기를 탔다.

그는 CIA에 있을 당시 한국에서도 3년 가까이 일을 했었다.

그가 보는 한국은 '비리의 왕국'이었고, 돈이면 안 되는 것이 없는 곳이었다.

한국에 도착한 그는 먼저 한국에 머물고 있는 CIA지부를 찾아 인사를 했다. 다행히도 그와 안면이 있는 친구가 있었다.

그의 소개로 한국의 서울지검 부장검사를 만난 로버트는 돈 봉투를 건네며 '무찬'에 대해 알아봐 달라고 부탁했다.

이틀 뒤, 로버트는 한국에 몇 명의 '무찬' 이 있으며, 그중 조건을 충족시키는 '무찬' 이 몇 명인지 알 수 있었다.

두 명이었다.

첫 번째, 조무찬을 조사하기 시작했다.

하지만 삼 일을 조사하곤 조무찬은 자신이 찾는 '무찬' 이 아님을 알게 되었다.

의뢰자인 귀부인을 조금이라도 더 보고자 이것저것 물었는데 그때 알게 된 사소한 단서에 맞지 않았다.

'무찬' 은 서울에 대해 자주 얘기했다고 했는데, 조무찬은 실종되기 전까지 서울을 머무른 적이 한 번도 없었다.

그럼 남은 김무찬이 유력한 '무찬' 임을 로버트는 믿었다. 주변 상황 역시 그가 '무찬' 임을 뒷받침해 주었다.

김무찬은 서울 태생에 키는 180정도 였고, 고등학교 2학년 때 실종신고가 접수되었고, 아직까지 실종상태였다.

일이 너무 빨리 끝나는 것 같아 로버트는 김무찬을 찾기로 했다.

주변 인물들에게 그에 대해 묻고, 그가 갔을 만한 곳을 탐문했다. 그리고 마침내 그를 찾아냈다.

김무찬은 4년 전쯤 일본으로 밀항해 생활하다 최근에야 한국으로 돌아와 유령회사 같은 무역회사에서 일하고 있었다.

하지만 먼 건물에서 회사에서 일하는 그의 얼굴을 확인한 결과, 그도 '무찬' 이 아님을 알게 되었다.

왼쪽 이마에서 눈 밑까지 내려오는 흉터가 없었다.

일을 하다 보면 이런저런 일이 참으로 많았다. 특히 의뢰인이 잘못된 정보를 주는 경우도 많았는데 이 경우가 그렇지 않을까라는 생각을 했다.

동양인은 나이를 짐작하기 어려운 외모를 가지고 있었다.

그래서 나이 때를 상향조정했다.

한국인 이름이 발음하기 힘든 경우가 많아 이름이 '무찬'이 아닐 수도 있었다.

그래서 문찬, 무한, 무창 이렇게 세 개를 추가했다.

다시 부장검사를 만난 그는 다시 한 번 돈 봉투를 건넸다.

삼 일 뒤, 두 번째 자료를 받았다.

두 번의 돈을 줘서 일까?

유력한 이들에 대한 서류는 사진과 기타 상황까지 자세히 기록 되어 있었다.

그리고 부장검사가 준 서류를 단 한 장 넘겼을 때 그가 찾는 사람이 '박무찬' 임을 알 수 있었다.

주민등록번호가 말소되었다가 얼마 전에야 되살아났고, 서울에 거주하며, 4년 간 광산에서 일했다는 청년.

사진의 이마에는 희미하지만 흉터 자국이 보였다.

그는 빙고를 외쳤다.

박무찬은 정보랄 것도 별로 없었다.

누나와 매형들과는 교류가 거의 없으며, 고우니라는 아가씨와 함께 살고 있었고, 송지훈 변호사가 그의 일을 봐주고 있다는 게 다였다.

끝으로 박무찬 사진이라도 몇 방 찍고 미국으로 돌아갈 생각이었다.

"어라? 얼굴이 안 나왔네?"

처음엔 자신의 실수라고 생각했다.

워낙 먼 거리라 약간의 흔들림만으로도 사진 결과물이 안 좋을 수 있었다.

하지만 곧 그는 소름 돋는 일을 당해야 했다.

몇 번의 실패 뒤, 박무찬이 잠깐 멈춰선 것을 확인하고 셔터를 누르는데 그의 손이 묘하게 움직이는 모습이 보였다.

그는 직감적으로 이상함을 느꼈지만 그냥 그러려니 하고 넘어갔다. 그리고 잠시 후, 박무찬이 정확히 자신을 향해 바라보고 있었다.

"뭐야! 설마 내 위치를 안 거 아냐?"

깜짝 놀랐다.

CIA에서 사람을 감시하다 보면 유난히 감 좋은 사람들이 있다는 건 알았다. 하지만 이 정도 거리에서 그저 사진만 찍는데도 알아차린다는 얘기는 들어본 적이 없었다.

그러나 정작 놀라운 일은 잠시 후에 일어났다.

놀란 마음을 진정시키며 잠깐 눈을 깜박거렸을 뿐인데 눈을 뜨니, 건물의 벽 위에 서 있는 자신을 발견한 것이다.

"으아악!"

자신도 모르게 비명을 지르며 뒤로 물러서 목숨을 구할 수 있었다. 그러나 카메라는 아래로 떨어져 박살이 나버렸다.

이후에도 여러 가지 방법으로 몇 번 시도했지만 정확하게 나온 사진을 구할 수는 없었다.

그는 박무찬에게 가까이 다가갔음에도 사진을 찍지 못하자 완전히 포기했다.

다행히도 박살난 카메라의 메모리칩에 담긴 파일을 복구해 박무찬의 사진을 구할 수 있었다.

어제 의뢰인에게 모든 조사 자료를 보낸 로버트는 느긋하게 퍼스트 클래스를 탄 채 미국으로 향하고 있었다.

그는 자신이 맡은 일을 꼼꼼히 기록하고 남겨두는데 이번에는 그러지 않았다.

모든 자료를 말끔히 소각하고 빈손으로 비행기를 탄 것이다.

"왜 그랬지?"

스스로 생각해도 이상했지만 그러려니 하고 넘어갔다.

비행기는 LA에 도착을 했고, 로버트는 미국 땅을 밟았다.

순간, 그의 머리에서 무언가가 빠르게 지워지기 시작했다. 로버트의 눈은 일순 멍해졌다.

"한국은 무슨 일로 다녀오셨나요?"

출입국 사무소 직원의 물음에 로버트는 정신을 차렸다. 그리고 잠시 고개를 갸웃거리던 그는 말했다.

"여행이요……."

"즐거우셨나요?"

"…아마 그랬었던 것 같습니다."

"좋은 하루 보내세요."

"네."

여권을 받아 공항을 나오던 로버트는 생각했다. 이번 한국 여행은 도무지 기억나는 게 없다고.

*　　*　　*

홍산그룹 차남인 신세호는 어제 광란의 밤을 보내느라 오후가 돼서야 자신이 사장으로 있는 홍산유통으로 출근했다.

"오셨습니까, 사장님."

그의 참모이자 비서실장인 배정후가 인사와 함께 술 깨는 약을 건네준다.

"응, 배 실장. 고마워. 별다른 일 없지?"

"네, 사장님."

회사 일은 배정후가 맡아서 했다.

미국에서 돈으로 딴 MBA를 가진 자신보다 대한대학교 경영대를 졸업한 배정후가 훨씬 유능하다는 걸 신세호는 알고 있었다.

그래서 그에게 맡긴 것이다.

신세호는 회사를 경영하는 재주는 없었지만 인재를 다룰 줄 아는 재능이 있었다.

"배 실장, 저녁이나 같이 할까?"

"오늘 서미혜 씨와 만나는 날입니다."

"벌써 그렇게 됐나? 이번에도 미루면 안 되겠지?"

일단은 약혼한 사이니 한 달에 한 번은 정기적으로 만나야 했다.

몇 달 전, 서미혜가 바쁜 일을 맡았다며 두 달에 한 번 만나자고 했을 때 얼씨구나 싶어 허락을 했었다. 그러나 그마저도 신세호가 한 번 뒤로 미뤄 벌써 4개월이 넘게 한 번도 본 적이 없었다.

"회장님께서 뭐라 하실 겁니다."

"그렇겠지? 두 달에 한 번인데도 어지간히 귀찮네."

"그럼, 7시에 로열 그랜드 호텔 스카이라운지로 잡겠습니다."

"그렇게 해. 다른 일 없으면 나 잘 테니까 시간되면 깨워 줘."

"결재서류는……?"

"오늘은 네가 해. 내가 기억해야 할 만 한 건 없지?"

"네."

"그럼, 나 잔다."

신세호는 사장실 옆에 있는 숙면실로 걸음을 옮겼다.

서미혜와 약혼한 것에 대해 신세호는 좋지도, 싫지도 않은 무관심이었다. 또한 서미혜도 마찬가지 일거라 생각했다.

둘은 그저 정략에 의한 약혼이었을 뿐이었다.

하지만 이왕이면 다홍치마라고 서미혜가 예쁘길 바랐다.

그러나 배경과 돈을 빼면 서미혜는 정말 보통의 평범한 여자였다.

예쁘지 않았고, 애교는 없었고, 몸매는 그저 그랬다.

결혼을 한다면 어쨌든 얼굴을 맞대고 살아야 하는데 생각만 해도 곤욕이었다.

그래서 결혼 전에 마음껏 자유를 누리고 있었다.

자유롭게 지내다 보면 여자에 대한 도가 터 서미혜를 보고도 아무렇지 않게 볼 수 있지 않을까하는 기대감도 약간은 있었다.

기대감은 실패였다. 예쁜 것만 보다 보니 미운 것은 더 보기 싫게 되었을 뿐이다.

호텔에 도착한 신세호는 화장실로 먼저 향했다.

손을 씻으며 거울을 보고 마인드 컨트롤을 한다.

아무리 그녀에게 무관심하고 자유롭게 살지만 얼굴을 맞댄 순간만큼은 약혼자여야 하고 예의바른 신사여야 했다.

서미혜는 이미 예약된 룸에 와 있었다. 노크를 하고 들어갔다.

"일찍 왔군요. 일 때문에 조금 늦었어요."

와인을 마시며 창밖을 보고 있는 서미혜에게 살짝 고개를 숙이며 변명을 했다.

"아니에요. 조금 전에 왔는걸요."

"……."

고개를 돌리며 말하는 서미혜를 본 순간 신세호는 말을 이을 수가 없었다.

예전의 그녀와는 비교할 수 없을 만큼 매력적으로 바뀌어 있었다.

'성형수술을 한 건가?'

고친 흔적은 없었다.

하지만 어딘가 분명 변했는데 어디라고 꼭 집어 말할 수가 없었다.

"제 얼굴에 뭐가 묻었어요?"

"아, 아닙니다."

신세호는 놀란 얼굴을 지우고 맞은편 자리에 앉았다.

식사를 주문하고 간단한 얘기를 나눴지만 건성일 뿐이었다. 그의 신경은 온통 서미혜에게 가 있었다.

'세련돼졌어.'

서미혜는 한마디로 촌티를 벗었다.

가려져 있는 외모가 만개를 했고, 지적인 능력과 행동이 그녀에게 도도함과 지적인 섹시함을 더한 것이다.

지금까지 만나보지 못한 스타일의 여자가 된 서미혜에게 신세호는 음심을 느꼈다. 그와 동시에 알 수 없는 질투심이 가슴속에 일었다.

　그녀에게 남자가 있음을 느낀 것이다.

　"요즘 많이 변한 것 같군요."

　"좋은 의미로 받아들여야겠죠?"

　"물론이죠. 뭔가 좋은 일이 있는 거 아닌가요?"

　"글쎄요? 요즘 제가 진행하는 일이 아직까진 뚜렷한 성과가 없어 신경이 쓰이고, 어떤 분에 대한 안 좋은 소문이 돌아서 기분도 별로였는데……. 오늘 세호 씨를 만나 기분이 좋나 봐요."

　"…하하! 기쁘네요."

　겉으론 웃고 있었지만 속으로 찔끔하는 신세호였다.

　최근 새로운 해외 명품을 직수입하며 모델들과 가까이 지냈는데 서미혜의 귀에 들어간 모양이다.

　식사는 서미혜의 주도 아래 계속되었다.

　경제에 관한 얘기였는데 오늘의 주제는 국내, 국제 경기변동에 따른 시장 다변화 정책의 허와 실에 관한 것이었다.

　"…명품은 이제 재테크뿐만 아니라 재산상속의 가치로 발전하고 있어요. 그에 비춰보면 세호 씨가 이번에 추진 중인 새로운 해외 브랜드의 직수입은 상당히 긍정적이라 생각하는데……."

"그렇죠."

신세호는 그녀의 긴 말에 짧게 답했다.

"이번에 수입한 의류 중에 미혜 씨에게 선물하고 싶은데 시간되시면 오세요."

"말씀은 고맙게 받을게요. 저보다는 어리고 날씬한 여성들을 타겟으로 잡은 제품을 제가 입으면 실례가 될 것 같아요."

"그럴 리가요? 사랑받는 여성처럼 아름다운 미혜 씨에겐 딱일 겁니다."

그는 다시 그녀의 의중을 찔러봤다.

"여성이 아름다워지는 경우는 두 가지죠. 사랑받을 때, 상처받았을 때. 전 그렇게 생각해요."

표정의 변화 없이 자신의 심장을 찌르는 서미혜의 말에 더 이상 허튼소리를 할 수가 없었다.

"후식은 혼자 드셔야겠네요. 기다리면서 먹은 와인이 좀 강했나 봐요. 그럼 다음에 뵐게요."

식사가 끝이 나자 서미혜는 칼 같이 일어났다.

잡으려했지만 명분이 없었다.

약속시간에 맞게 배정후가 깨웠음에도 미적거린 것도 자신이었고, 화장실에서 시간을 보낸 것도 자신이었기에 할 말이 없었다.

쾅! 와장창!

"빌어먹을!"

서미혜가 나가자 두 팔로 테이블을 때렸고, 그녀가 마시던 와인병이 바닥으로 떨어져 피처럼 퍼진다.

서미혜는 모습만 바뀐 게 아니었다. 행동도 모습처럼 도도해지고 차가워졌다.

4개월 전만 하더라도 서미혜가 식사, 후식, 술집까지 가자고 조르는 편이었고, 자신은 마지못해 따르는 편이었다.

"치우라고 하겠습니다."

소란스러움에 들어온 배정후는 엉망이 된 테이블을 보고 말했다.

"아니, 그것보다 알아봐야 할 게 있다."

"서미혜 씨를 변하게 만든 사람 말입니까?"

"자네도 느꼈나? 아픔 때문일 수도 있다더군."

"아픔의 표정이 아니었습니다."

"찾아! 그리고 적당히 손봐줘. 감히 누구의 것을 손댄 건지 느끼게 해주란 말이야."

"알겠습니다."

"내가 하면 로맨스고 남이 하면 불륜인 게지. 크크크크!"

신세호는 묘하게 일그러진 얼굴로 웃고 있지만 눈은 웃고 있지 않았다.

*   *   *

손학주를 시작으로 그의 장례식 다음날, 상무인 장춘길이 심장마비로 죽었고, 며칠 뒤 이사인 성준태가 교통사고로 죽었다.

그리고 어제 행동대장 진명환이 부하 10여 명과 함께 흔적도 없이 사라졌다.

남은 사람은 정찬구와 금필영뿐이니 조직원들을 모두 동원해 자신들을 보호하고 있었다.

찬구파는 나를 감시할 여력이 없었다. 감시자들은 어제부로 떠났다.

얼마 전 멀리서 날 감시하던 이상한 외국인도 1~2년은 조용하도록 처리가 되었으니 비로소 편한 마음이 든다.

하지만, 편할 팔자는 아닌 모양이다.

내 핸드폰은 모두 4개였다.

송 변호사님이 처음으로 해주신 것, 서미혜와 밀애를 위해 만든 것, 금필영과 통화를 위해 만든 것, 마지막으로 하루와 통화하기 위해 만든 것.

이 중에 송 변호사님이 주신 핸드폰이 울렸다. 모르는 번호였다.

"여보세요?"

—거기 중국집 아닌가요?

"전화 잘못하셨네요. 아닙니다."

―그럴 리가 없는데……. 그럼 어디시죠?

느낌이 팍 오는 전화였다. 물론 자기 고집이 있는 건지, 신념이 있는 건지 모르겠지만 이렇게 전화 통화를 하는 사람들도 있었다.

"송지훈 변호사 사무실입니다."

―아~ 그렇군요. 달칵!

"이런 싸가지 없는 놈! 사과는 해야지!"

끊긴 전화기에 대고 가볍게 투덜대곤 전화를 끊었다.

그저께 서미혜가 신세호를 만나고 왔다고 했는데 그녀에게 남자가 있음을 그때 눈치를 챈 모양이다.

난 서미혜에게 메시지를 보냈다.

―이제부터 첩보영화 좀 보세요.

그러자 잠시 후 메시지가 온다.

―알아차렸나보네?

―바보는 아니겠죠. 몇 달 전 핸드폰 내역부터 다 조사하나봐요.

―걱정 마. 내가 알아서 할게.♡

―제발요~♡

걱정 말라고 했지만 살짝 걱정이 된다.

"그나저나 금필영의 연락이 늦는군."

난 오늘 정찬구의 위치를 묻는 문자를 보냈다. 금필영이 정찬구의 위치를 알려주면 난 그곳으로 달려가 일을 끝내면 된다.

한데 늦는 걸 보니 정찬구가 아직 숨을 곳을 못 정했나 보다.

—딩동! 딩동!

"삼촌인가?"

초인종 소리에 인터폰을 보니 다혜였다. 만남을 거절하자 나처럼 찾아온 것이다.

"어서와."

난 현관문을 열고 들어오도록 몸을 비켜섰다.

다혜를 이용하는 만남을 피한 것이지 일부러 온 것까지 거부할 순 없었다.

"앉아. 뭐 줄까?"

"응. 여긴 하나도 안변했네?"

"아빠가 내가 돌아왔을 때 어색해하지 말라고 그대로 두셨대."

"널 엄청 보고 싶어 하셨는데……."

"아빠를 만났어?"

"응. 두 번."

술집과 레스토랑에서 만난 다혜와 지금의 다혜는 전혀 달랐다.

"분위기가 바뀌었네? 그땐 완전 미움 받고 있다고 생각했는데."

"미안. 사실 널 다시 보게 돼서 기뻤어. 마음은 기쁜데 화가 나더라고. 근데 네가 그렇게 가고 난 다음에 알겠더라."

"물어봐도 될까?"

"여전히 널 그리워하고 있었어. 난 이미 남자 친구가 있는데, 빨리 나타났으면 좋았을 걸하며 더 기다리지 못한 날 원망하고, 늦게 나타난 널 원망한 거야. 그게 미움으로 나타난 거지."

고등학교 때 나에게 좋아한다고 고백하던 그때와 겹쳐진다.

다른 점은 그때의 다혜의 얼굴은 시작을 알리듯 들뜨고 상기되어 있었지만 지금의 다혜는 끝을 알리듯 차분하고 슬퍼 보였다.

"이제는 정리가 된 모양이네?"

"한 가지를 더 알게 되었거든."

"뭔데?"

"지금의 넌 내 마음속의 네가 아니었어. 내가 좋아하고, 그리워한 건 과거의 무찬이었어. 난 지금까지 과거에 빠져 허우적거리고 있었는지 몰라."

"윽! 가슴이 아프다."

담담하게 말하던 다혜가 무슨 말이냐는 듯 눈을 동그랗게 뜬다.

"고백은 과거의 내가 받고, 이별 통보는 현재의 내가 받으니까."

"호호! 지금은 과거의 무찬 같다."

"너도 이제 과거의 다혜 같다."

"처음부터 이랬으면 좋았을 걸."

"4년 만에 대화였으니까. 앞으로 많은 얘기하자."

"그래."

홀가분한 표정의 다혜를 보니 죄책감 조금은 덜하다. 그리고 내가 보는 시선만 달리한다면 만난다 해도 상관없을 듯하다.

"참, 너 이번에 수능 어떻게 됐어? 만나자는 것도 거절하며 공부했으니 잘 봤겠지?"

"적당히."

잘 봤다.

머릿속에 있는 시험문제와 내가 기재한 답을 그대로 기억하고 있어 이미 채점까지 끝낸 상태다.

"헐~ 자만심 쩌는 건 옛날이랑 똑같네. 그래, 어디 지원할 생각이야?"

"글쎄? 원래는 대한대 경영대학을 지원할까 했는데 누군가 미워하는 것 같아 온세대 경영대학에 지원하려고."

"성적은 되고?"

"농담이야. 지원해서 붙는 대학에 들어가야지. 내 케이스가 워낙 특이하잖아. 내신은 고등학교 1학년 중간고사가 끝이니까."

"대한대 경영대학에 와. 내가 선배로서 엄청 갈궈 줄 테니."

"후회 할 텐데……."

"웬 후회? 혹시 내가 다시 너한테 갈 거라는 착각을 하는 거니? 나에겐 수호가 있어."

'너희 둘은 절대 안 돼!' 라고 외치고 싶었다.

하지만 무작정 헤어지라고 말해봤자 이해할 다혜도 아니었다. 신수호를 사랑하게 되면 또다시 다혜는 아파해야 할 것이다.

"난 말해줬다."

내가 할 수 있는 말은 이게 다였다.

지금은… 그저 시간이 흐르길 바랐다.

다혜가 가고 얼마 되지 않아 금필영에게서 메시지가 왔다.

─선장은 내곡동 근교 폐공장에 있음. 주소는…….

─오늘 저녁 선장은 바뀝니다. 축배나 들죠.

─좋지. 끝나고 연락하게. 좋은 걸 준비해두지.

준비할 것은 없었다.

폐공장이라면 무기는 주변에 널렸을 테니.

모자와 움직이기 편한 옷을 입고 택시를 타고 내곡동으로 향했다.

택시 안에서 전화기가 계속 '톡! 톡!' 말을 한다. 모바일 메신저 서비스 프로그램인 '톡톡톡' 의 그룹 채팅 모드로 계속 글이 올라왔다.

네 개의 핸드폰을 다 매너모드로 바꿨다.

내곡동에 내려 그때부터는 목적지를 향해 천천히 걷기 시작했다.

도시의 불빛도 구룡산의 그늘에 가려 보이지 않았고, 가로등도 없었지만 걷는 데에는 불편함이 없었다.

'저곳이군.'

꽤 큰 공장은 콘크리트 구조물로 생각했던 것보다 멀쩡한 건물이었다.

내가 있는 곳에선 내부에 얼마나 많은 인원이 있는지 알 수가 없었다.

'일단은 보초부터.'

입구에 두 명, 공장 위에 두 명.

주변을 둘러보며 손에 꼭 쥐어지는 돌멩이를 몇 개 찾았다.

그리고 공장 옥상에 있는 놈들에게 두 개씩 던졌다. 그리고 바로 입구로 몸을 날렸다.

퍼퍽! 퍼퍽!

소리와 기척만으로 옥상의 두 놈이 쓰러졌다는 걸 느낄 수 있었다.

"누⋯⋯."

"뭐냐⋯⋯."

막 나를 발견하고 외치려는 놈들의 아혈과 마혈을 닥치는 대로 찍었다.

온몸이 마비되어 믿을 수 없다는 듯 놀란 표정으로 눈을 대룩대룩 굴리는 녀석에게 조용히 물었다.

"안에 몇 명이나 있지? 10명에 눈 한 번씩."

깜박, 깜박, 깜박…….

"육십 명? 조직 전체를 부른 건가? '예' 한 번, '아니오' 두 번."

깜박.

"얌전히 누워 있어. 혹시 움직인다고 들어오면 죽는 수가 있어."

깜박.

"칼 좀 빌리자."

쓰러진 녀석들의 품을 뒤지자 사시미 칼이 나온다.

내가 좋아하는 군용 단검에 비해 크기가 컸지만 상관없었다.

왼손, 오른손에 한 자루씩 역으로 쥐고 입구를 살짝 당겨보았다.

'열려 있군.'

뭔가 함정인 듯한 느낌이 강하게 든다. 하지만 이들은 호랑이 앞에 양 떼일 뿐이었다. 함정이라면 깨부수면 그만이다.

꽤 많은 기운들이 양떼들처럼 한쪽에 모여 있다. 건물의 끝에 위치한 방에 모여 있나 싶어 안으로 들어갔다.

하지만 안으로 들어가 십여 발자국 들어갔을 때 확실히 잘

못되었다는 걸 깨달았다.

공장 안은 그냥 넓은 공터처럼 되어 있었다.

쾅!

내가 들어왔던 문이 닫히며 조명이 켜졌다. 그리고 육십 명이 넘는 인원이 다가와 날 둥글게 에워싼다.

그리고 맨 앞쪽에 익숙한 얼굴이 보인다.

"금필영!"

"위준, 어서와. 하하하하하!"

승자의 웃음을 짓는 금필영을 무섭게 노려봤다.

"내가 조심성을 가지라고 말하지 않았나? 설마 내가 이럴 줄은 몰랐다는 얼굴이군."

"나도 말했었지. 난 허리케인이라고!"

"이런, 이런. 난 자네 말을 믿고 특별한 걸 준비했지."

철컥! 철컥!

노리쇠를 당기는 금속성의 소리가 공장을 가득 채운다.

열 명이 총으로 무장하고 있고, 그중 두 명은 자동소총을 가지고 있다.

그리고 그 총구가 일제히 나를 향한다.

실룩실룩!

입꼬리가 간만에 느끼는 긴장 때문인지 실룩거린다.

"왜? 배신을 한 거지?"

"배신이라니 말도 안 되는 소리! 다만 더 좋은 제안을 받았을 뿐이네."

"더 좋은 제안?"

"사장님께 자네를 내가 처리한다고 말씀드렸지. 그리고 대가로 내가 하는 일에 대한 수익의 70%를 보장받았어. 이 정도 제안이라면 혹하지 않겠나?"

"정찬구 사장이 과연 그 약속을 지킬까?"

정찬구라면 분명 일이 끝난 후, 금필영을 팽할 가능성이 높았다. 그걸 금필영이 모르진 않으리라.

"지금 이곳에 있는 이들이 누구라고 생각하나? 바로 자네가 죽인 장춘길 상무와 성준태 이사의 수하들일세. 자네를 죽인다고 하니 발 벗고 나서더군. 난 이들에게 수익의 10%씩을 주기로 했네. 그래서 안전을 보장받을 수 있었지."

"어리석군. 당신의 수익이 비록 찬구파에서 큰 부분을 차지한다고 해도 전체 이권을 놓고 보면 일부에 불과해. 내가 정찬구라면 저들에게 더 큰 몫을 주고 당신을 제거하겠어."

소요를 일으키려 했지만 쉽지 않았다.

하긴, 머리 좋은 놈이 내가 생각하는 바를 예상 못했을 리 없었다.

"그런 건 이미 이들과 얘기를 끝마쳤지. 그리고 내 걱정보다는 자네 걱정이나 하게. 지금 상황에서도 허리케인 운운할 텐가?"

"크크크크! 이래서 머리 좋은 사람은 싫다니까."

웃었다.

얼굴이 내 웃음을 다 표현 못해서 괴상하겠지만 상관없었다.

"죽을 시간이 되자 정신이 나갔나 보군."

"내가 정말 총을 무서워한다고 생각하나?"

"허~ 지독한 자만심이군."

"그렇게 보였나?"

"그래."

"내가 어떤 곳에서 살았는지 그곳에서 어떻게 살아왔는지……"

내 몸에서 엄청난 살기가 뻗어 나와 공장을 전체를 뒤덮는다.

"보여주지!"

『복수의 길』 2권에 계속…

이제부터 전자책은

이젠북

www.ezenbook.co.kr

새로운 세계가 열린다!

한백림 『천잠비룡포』   천중화 『그레이트 원』

좌백 『천마군림』   송진용 『몽검마도』

현대백수 『간웅』   김석진 『더블』

김정률 『아나크레온』   백연 『생사결-영정호우』

임준후 『켈베로스』   예가음 『신병이기』

진산 『화분, 용의 나라』   남운 『개방학사』

이름만 들어도 황홀할 정도의 별들의 향연!

이들의 "유료연재"가 시작됩니다!

검색창에 **이젠북** 을 쳐보세요! ▼ 🔍

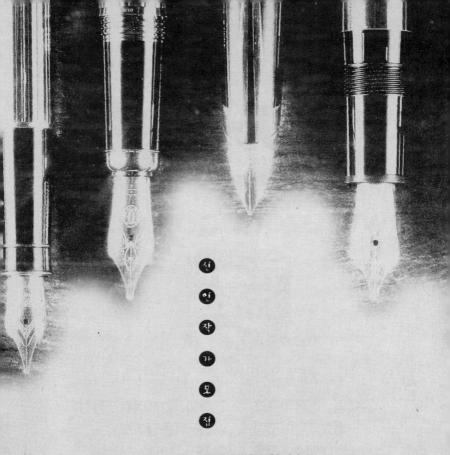

신

인

작

가

모

집

시작이 반이라고 했습니다.
작가의 길에 대한 보이지 않는 벽을 과감히 깨뜨리십시오!
청어람은 작가 지망생 여러분들의
멋진 방향타가 되어드리겠습니다.

저희 도서출판 청어람에서는
소설 신인 작가분들을 모집합니다.
판타지와 무협을 사랑하시는 분들의 많은 참여를 바랍니다.
소정의 원고(A4용지 150매)를 메일이나 우편으로 보내주시면
검토 후 출판 여부를 알려드리겠습니다.

주소:경기도 부천시 원미구 심곡2동 163-2 서경B/D 2F 우편번호 420-822
TEL:032-656-4452 ·**FAX**:032-656-4453
http://www.chungeoram.com
e-mail:chungeoram@chungeoram.com

魔 in 화산

FANTASTIC ORIENTAL HEROES

용훈 新무협 판타지 소설

무림공적, 천살마군 염세악!
검신 한호에게 잡혀 화산에 갇힌 지 백 년.

와신상담… 절치부심… 복수무한…

세월은 이 모든 것을 잊게 하고
세상마저 그를 잊게 만들었다.
하지만.

"허면 어르신 함자가 어찌 되시는지……."
우연한 만남, 자신도 모르게 튀어나온 원수의 이름.
"그게… 한, 한호일세."

허무함의 끝에서 예기치 않게 꼬인 행로.
화산파 안[in]의 절세마인, 염세악의 선택!

Book Publishing CHUNGEORAM

유행이 아닌 자유추구
WWW.chungeoram.com

이민섭 新무협 판타지 소설

죽지 못하는 자는 살지 못하는 것과 같다.
그래서 그는 스스로를 무생(無生)이라 부른다.

무생록(無生錄)

은퇴한 기인들의 마을, 득도촌
그곳에서 가장 기이한 자는…
은거기인들마저 놀라게 하는 한 명의 청년

"오 무엇도 궁금해하지 말 것!"

부엌칼로 태산을 가르고,
곡괭이질로 산을 뚫는 자, 무생!

흘러 들어온 **남궁가**의 인연으로,
죽지 못해서 살아온 그가
이제 죽기 위해 무림으로 나선다.

**살지 못한 자가 비로소 살게 되었을 때
천하가 오롯이 그의 것이 되리라!**

Book Publishing CHUNGEORAM

www.chungeoram.com

FUSION FANTASTIC STORY

천성민 장편 소설

짐승의 규칙